William Shakespeare wurde am 23. 4. 1564 in Stratford-on-Avon als Sohn einer angesehenen Bürgerfamilie geboren. Er besuchte die Lateinschule in Stratford und heiratete 1582 die Gutsbesitzerstochter Anne Hatheway. Vermutlich 1584 ging er nach London, wo er als Schauspieler, Bühnenautor und schließlich Teilhaber des 1599 gegründeten Globe-Theaters wirkte. Zu Wohlstand gelangt, zog er 1611 wieder nach Stratford, wo er am 23. 4. 1616 verstarb.

Shakespeares Gesamtwerk umfaßt 37 Komödien, Tragödien und Historien, 154 Sonette, zwei Versepen und viele Gedichte. Nach wie vor ist er der meistgespielte Dramatiker auf den deutschen Bühnen und den Bühnen der Welt.

„Alles ..., was in Momenten ungeheurer Ereignisse sich in dem Herzen der Menschen verbirgt, wird ausgesprochen; was ein Gemüt ängstlich verschließt und versteckt, wird hier frei und flüssig an den Tag befördert; wir erfahren die Wahrheit des Lebens und wissen nicht wie.“ So schrieb Goethe einst in seinem Aufsatz „Shakespeare und kein Ende“. Ist es das, was Zuschauer, Theater- und Filmleute immer wieder an der tragischen Geschichte von „Romeo und Julia“ fasziniert, den beiden Liebenden aus Verona, von denen es im Prolog des Shakespearschen Stückes heißt:

Er wird geliebt, ist selbst von Lieb' entflammt,
Und Zauberblicke ihn wie sie beglücken;
Doch durch Familienzwist sind sie verdammt,
Verpönter Liebe süße Frucht zu pflücken.

William Shakespeare

Romeo und Julia

Aus dem Englischen
von
Rudolf Schaller

Aufbau Taschenbuch Verlag

Originaltitel
Romeo and Juliet

ISBN 3-7466-5555-2

1. Auflage 1996
Aufbau Taschenbuch Verlag GmbH, Berlin

Umschlaggestaltung Bert Hülpüsch
unter Verwendung eines Gemäldes
von Victor Müller, um 1869, AKG Berlin
Satz LVD GmbH, Berlin
Druck Elsnerdruck GmbH, Berlin
Printed in Germany

PERSONEN

Escalus, Fürst von Verona
Paris, ein Verwandter des Fürsten

Montague Capulet	Häupter zweier miteinander verfeindeter Häuser

Ein alter Mann von der Familie Capulet
Romeo, Montagues Sohn

Mercutio, ein Verwandter des Fürsten Benvolio, Montagues Neffe	Freunde Romeos

Tybalt, Neffe der Frau von Capulet

Pater Lorenzo Bruder Johannes	Franziskaner

Abraham, ein Diener Montagues
Balthasar, Romeos Diener

Gregorio Simson	Diener Capulets

Peter, Diener von Julias Amme
Ein Apotheker
Drei Musiker
Paris' Page; ein anderer Page; ein Beamter

Frau von Montague
Frau von Capulet
Julia, Tochter Capulets
Julias Amme

Bürger von Verona, Angehörige beider Häuser, Masken, Wachmänner, Wächter und Gefolge

Chorus

Schauplätze:

Verona; in der 1. Szene des V. Aktes Mantua

PROLOG

CHORUS

Verona laßt als Ort des Spiels euch nennen:
Ihr werdet sehen Haß mit alter Glut
In zwei gleich edlen Häusern neu entbrennen,
Daß Bürgerhand sich färbt an Bürgerblut.

Aus dieser Feinde Unheilsschoß empfängt
Ein liebend Paar sein schicksalsdunkles Sein;
Das bittre Los, das über sie verhängt,
Sargt, als sie tot, der Eltern Haß mit ein.

Den Leidensweg der Liebe, todgeweiht,
Und – die der Kinder Tod nur kann bezwingen –
Der Elternpaare Unversöhnlichkeit
Soll dies zweistündig Spiel euch nahebringen:

Wenn ihr ihm ein geneigtes Ohr wollt schenken,
Woll'n wir, was noch zu bessern, gern bedenken.

Er geht ab

ERSTER AKT

—

ERSTE SZENE

Verona; ein öffentlicher Platz

Simson und Gregorio treten auf, mit Schwert und Rundschild bewaffnet

SIMSON

Auf Ehrenwort, Gregorio, wir wollen uns nichts bieten lassen.

GREGORIO

Nein, sonst bieten wir ein schlechtes Beispiel.

SIMSON

Spielt man uns übel mit, wollen wir ziehn.

GREGORIO

Du ziehst deinen Nacken aus der Schlinge, solange du lebst.

SIMSON

Ich schlage schnell zu, wenn ich erst gereizt bin.

GREGORIO

Du wirst nur nicht schnell zum Zuschlagen gereizt.

SIMSON

Mich reizt ein Hund vom Hause Montague.

GREGORIO

Reizen heißt in Bewegung setzen, und tapfer sein heißt standhalten: also läufst du davon, wenn du gereizt wirst.

SIMSON

Ein Hund aus diesem Hause reizt mich zum Standhalten. Ich will jeden Burschen und jedes Mädel vom Hause Montague an die Wand drücken.

GREGORIO

Damit zeigst du, daß du ein schlapper Kerl bist, denn der Schwächste sucht an die Wand zu kommen.

SIMSON

Das stimmt; und deshalb werden die Weiber, weil sie das schwächere Geschlecht sind, immer gegen die Wand gedrückt: also will ich Montagues Männer von der Wand stoßen und seine Mägde dagegendrücken.

GREGORIO

Der Streit besteht zwischen unseren Herren und uns, ihren Dienern.

SIMSON

Das ist ganz gleich; ich will mich als Tyrannen zeigen; wenn ich mit den Männern gefochten habe, will ich grausam gegen die Mägde sein.

GREGORIO

Gegen die Jungfern?

SIMSON

Wenigstens sollen sie nicht Jungfern bleiben. Das kannst du nehmen, in welchem Sinne du willst.

GREGORIO

Sie müssen es in den Sinn nehmen, der es zu fühlen bekommt.

SIMSON

Mich sollen sie zu fühlen bekommen, solange ich meinen Mann stellen kann; und bekanntlich lasse ich's an heißem Blut nicht fehlen.

GREGORIO

Gut, daß du nicht Fischblut hast, du wärest ein armseliger Stockfisch geworden. Heraus dein Werkzeug; hier kommt etwas vom Hause Montague.

Abraham und Balthasar treten auf

SIMSON

Meine bloße Waffe ist heraus: fang Streit an, du sollst mich im Rücken haben.

GREGORIO

Wie, den Rücken kehren und weglaufen?

SIMSON

Fürchte nichts von mir.

GREGORIO

Was! Ich dich fürchten?

SIMSON

Laß uns das Recht auf unserer Seite behalten; laß die dort anfangen.

GREGORIO

Ich will ein Gesicht schneiden im Vorbeigehn, und laß sie's aufnehmen, wie sie Lust haben.

SIMSON

Oder wie sie Mut haben. Ich werde ihnen einen Esel stechen; wenn sie's dulden, haben sie den Schimpf.

ABRAHAM

Wollt Ihr einen Esel auf uns stechen, Herr?

SIMSON

Ich steche einen Esel, Herr.

ABRAHAM

Stecht Ihr den Esel gegen uns, Herr?

SIMSON

beiseite zu Gregorio

Ist das Recht auf unserer Seite, wenn ich ja sage?

GREGORIO

Nein.

SIMSON

Nein, Herr, gegen Euch steche ich keinen Esel; ich steche bloß einen Esel.

GREGORIO

Sucht Ihr Händel, Herr?

ABRAHAM

Händel, Herr? Nein, Herr.

SIMSON

Aber wenn Ihr's tut, habt Ihr's mit mir zu tun. Ich diene einem ebenso guten Herrn wie Ihr.

ABRAHAM

Keinem bessern.

SIMSON

Gut, Herr.

Benvolio tritt auf

GREGORIO

beiseite zu Simson, Tybalt wahrnehmend

Sage: „bessern"; hier kommt ein Verwandter unseres Gebieters.

SIMSON

Ja, einem bessern, Herr.

ABRAHAM

Ihr lügt.

Tybalt tritt auf

SIMSON

Zieht, wenn Ihr Männer seid. Gregorio, denk an deinen Renommierhieb.

Sie kämpfen

BENVOLIO

schlägt ihre Waffen nieder

Auseinander, Narren!
Die Schwerter fort! Ihr wißt nicht, was Ihr tut.

TYBALT

Wie, läßt du dich mit feigen Knechten ein?
Benvolio, lauf, und denk an deinen Tod.

BENVOLIO

Ich will nur Frieden; steck dein Schwert ein oder
Gebrauch's, mit mir die Männer hier zu trennen.

TYBALT

Wie, ziehn und dann von Frieden schwatzen? Ich
Verschmäh das Wort, wie ich die Hölle hasse,
Die Montagues und dich; wehr dich, du Memme!

Sie fechten

Anhänger beider Häuser treten auf und nehmen an der Rauferei teil; dann kommen Bürger mit Knütteln und Wachmänner

ERSTER WACHMANN

He, Knüttel, Hellebarden, Partisanen!
Drauflos, und schlagt sie nieder!

ERSTER BÜRGER

Nieder die Capulets, nieder die Montagues!

Capulet im Hausrock und Frau von Capulet treten auf

CAPULET

Was für ein Lärm? Gebt mir mein Kampfschwert, holla!

FRAU VON CAPULET

Die Krücke nehmt! Was wollt Ihr mit dem Schwert?

Montague und Frau von Montague treten auf

CAPULET

Mein Schwert, sag ich! Der alte Montague
Ist da und schwingt die Klinge mir zum Hohn.

MONTAGUE

Du Schurke Capulet! – Haltet mich nicht, laßt los!

FRAU VON MONTAGUE

Du rührst mir keinen Fuß nach einem Feind.

Fürst Escalus tritt mit Gefolge auf

FÜRST

Rebell'sche Untertanen, Friedensfeinde,
Die ihr mit Bürgerblut den Stahl befleckt,
Wollt ihr nicht hören? Männer? Wie, ihr Tiere,
Die ihr die Brände der Vernichtungswut
Mit Purpurquellen eurer Adern löscht:
Bei Folterstrafe weg aus blut'ger Hand
Die für den Mißbrauch bloß gestählten Waffen!
Werft sie zu Boden, und vernehmt den Spruch
Eures ergrimmten Fürsten. Schon drei Fehden,
Aus einem übermüt'gen Wort gezeugt
Von dir, o Capulet, und Montague,
Zerstörten dreimal unsrer Straßen Frieden,
Daß altansäss'ge Bürger von Verona
Wegstellten die geziemenden Gehstöcke

Und alte, wurmzerfreßne Hellebarden
In ihren auch so alten Händen schwingen,
Zu teilen euern Haß, der wurmt in euch:
Erregt ihr nochmals Aufruhr in der Stadt,
Büßt ihr den Friedensbruch mit euerm Leben.
Für diesmal alle übrigen hinweg:
Ihr, Capulet, geht mit mir; Montague,
Ihr kommt heut nachmittag zur alten Freistatt
Vor unsern öffentlichen Richtstuhl; wissen
Sollt Ihr dann, was in dem Fall wir beschließen.
Bei Todesstrafe nochmals: alle fort!

Alle gehen ab, außer Montague, Frau von Montague und Benvolio

MONTAGUE

Wer war's, der neu den alten Zwist geweckt?
Wart Ihr hier, Neffe, als der Kampf begann?

BENVOLIO

Die Diener Eures Gegners waren hier
Mit Euren, als ich kam, im Handgemenge.
Ich zog, um sie zu trennen; eben da
Erschien mit bloßem Schwert der wilde Tybalt:
Er schwang es, Schimpf mir in die Ohren schnaubend,
Ums Haupt und hieb nur Löcher in die Luft,
Die, unverwundbar, ihm zum Hohne zischte.
Als wir noch Stöß' und Hiebe tauschten, kamen
Noch mehr und mehr und fochten beiderseits;
Dann kam der Fürst und schied sie seinerseits.

FRAU VON MONTAGUE

Ach, wo ist Romeo? Saht Ihr ihn heute?
Froh bin ich, daß er nicht war bei der Meute.

BENVOLIO

Madam, ein Stündchen, eh' am goldnen Fenster
Des Ostens sich die hehre Sonne zeigte,
Trieb auszugehn mich mein verstörter Sinn;
Da, in dem Hain von Maulbeerfeigenbäumen,
Der sich im Westen unsrer Stadt erstreckt,
Sah Euern Sohn ich in der Frühe wandeln.
Entgegen schritt ich ihm; jedoch er sah mich

Und stahl sich tief ins Waldesdickicht fort.
Ich, seine Stimmung an der meinen wägend,
Die dahin strebt, wo andre sich nicht nahn,
Als einer, dem sein leidig Ich zuviel,
Folgt meiner Laune, folgte ihm nicht nach
Und mied ihn gern, der gern vor mir entwich.

MONTAGUE

Schon manchen Morgen ward er dort gesehn
In Tränen, die den Tau der Frühe mehrten,
Mit seinen tiefen Seufzern noch mehr Wolken
Zu Wolken fügend: aber stets, wenn fern
Im Ost die Sonne alles grüßt und fort
Vom Bett Auroras zieht den Schattenvorhang,
Stiehlt sich mein Sohn in Schwermut weg vom Licht
Und sperrt sich einsam in sein Zimmer ein,
Verschließt die Fenster, wehrt dem holden Tag
Den Zutritt und verschafft sich künstlich Nacht:
In Finsternis muß diese Laune enden,
Wenn nicht ein guter Ratschlag sie kann wenden.

BENVOLIO

Mein bester Oheim, wißt Ihr wohl den Grund?

MONTAGUE

Ich kenn ihn nicht und kann ihn nicht erfahren.

BENVOLIO

Drangt Ihr in ihn auf irgendwelche Art?

MONTAGUE

Ich selbst und manche Freunde; aber er,
Sich selbst in seiner Leidenschaft beratend,
Ist sich – ich will nicht sagen: wie – treu, aber
Er ist für sich so heimlich und verschlossen,
Hält sich so fern von Fragen und Erforschung
Ganz wie die Knospe, die vom Wurm gebissen,
Eh' sie der Luft die süßen Blätter öffnen
Oder der Sonne ihren Reiz kann weihn.

Könnt man uns seines Kummers Ursprung nennen,
Wir heilten gern ihn, wie wir gern ihn kennen.

Romeo tritt auf

BENVOLIO

Seht da, er kommt: beliebt's Euch, geht beiseit';
Viel leugnen wird er oder nennt sein Leid.

MONTAGUE

Ach wärst du doch so glücklich, daß er dir
Die Wahrheit beichtet. – Gattin, gehen wir.

Montague und Frau gehen ab

BENVOLIO

Gut'n Morgen, Vetter.

ROMEO

Ist's noch früh am Tage?

BENVOLIO

Erst neun schlug's.

ROMEO

Trübe Zeit scheint lange Plage.
War es mein Vater, der so eilig ging?

BENVOLIO

Er war's. Welch Leid dehnt Romeos Zeit so lang?

ROMEO

Weil ich entbehre, was sie kürzen könnte.

BENVOLIO

Verliebt?

ROMEO

Ja, aber ...

BENVOLIO

Also nicht verliebt?

ROMEO

Ja, doch – nur ohne Hoffnung, daß auch sie mich liebt.

BENVOLIO

Daß Liebe, die so süß von Ansehn scheint,
Sich im Erproben mit der Herrschsucht eint.

ROMEO

Ach, daß der Liebesgott trotz Augenbinden
Die Seitenpfade sieht, das Ziel zu finden!
Wo speisen wir? – Ach! Welch ein Streit war hier?
Doch sag's mir nicht, ich hörte alles schon.
Uns macht hier Haß zu schaffen, mehr noch Liebe!
Nun denn, streitsücht'ge Liebe, Liebeshaß!
Du Etwas, erstgeschaffen aus dem Nichts!
Schwermüt'ger Leichtsinn! Ernste Nichtigkeit!
Unschönes Chaos täuschend-schöner Formen!
Bleischwere Feder, lichter Rauch, kalt Feuer,
Krank-Wohlsein! Wacher Schlaf, der keiner ist!
So Liebe fühlen, die man selbst vermißt!
Du lachst nicht, nein?

BENVOLIO

Nein, Vetter, eher wein ich ...

ROMEO

Worüber, gutes Herz?

BENVOLIO

Um deines guten Herzens Leid.

ROMEO

So ist der Liebe Widerstreit.
Mein eignes Leid drückt mich schon gar zu schwer;
Du wirst's vergrößern, fügst du ihm noch mehr
Von dir hinzu: Freundschaft, von dir gezeigt,
Macht mich dem eignen Schmerz noch mehr geneigt.
Die Lieb' ist Rauch, bewirkt durch Seufzerodem,
Geschürt, ein Feu'r in des Verliebten Auge,
Bedrängt, ein Meer, gespeist von Liebestränen.
Was ist sie sonst? Geheime Raserei,
Gereizte Galle, süße Spezerei.
Leb wohl, mein Freund.

BENVOLIO

Halt, ich will mit dir gehn:
Du würdst mich kränken, läßt du mich so stehn.

ROMEO

Ach, ich verlor mich selbst, gehör nicht mir:
Romeo ist irgend anderswo, nicht hier.

BENVOLIO

Im Ernst sag mir: Wer ist sie, die du liebst?

ROMEO

Soll ich's mit Seufzern sagen?

BENVOLIO

Seufzern? Nein,
Doch sag's im Ernst, wer's ist.

ROMEO

Verlang vom Kranken ernst sein Testament:
Ein schlimmes Wort, wenn man's dem Kranken nennt.
Doch sag ich dir im Ernst: Ich lieb ein Weib.

BENVOLIO

Ich zielte gut, als ich mir dacht: du liebst.

ROMEO

Ein guter Schütz! Sie, die ich lieb, ist schön.

BENVOLIO

Schnell trifft man, schöner Freund, ein schönes Ziel.

ROMEO

Schön, doch dein Wortspiel trifft nicht: sie will nicht
Sich treffen lassen vom Geschoß Cupidos.
Sie hat Dianas Geist und ist gefeit
Vor Amors Knabenpfeil durch Züchtigkeit.
Sie will nicht stehn dem Sturm verliebter Worte,
Wehrt kecke Blicke ab, tut ihren Schoß
Dem Gold nicht auf, das Heil'ge selbst verführt;
An Schönheit ist sie reich: arm ist sie nur,
Weil, stirbt sie, mit stirbt ihrer Schönheit Spur.

BENVOLIO

Dann schwur sie also, immer keusch zu bleiben?

ROMEO

Ja, und dies Kargen heißt Verschwendung treiben;
Denn Schönheit, die an eigner Kälte stirbt,
Zugleich der Schönheit Fortbestand verdirbt.
Zu schön ist sie, zu klug auch ihre Seele,
Ihr Heil zu suchen, während ich mich quäle.
Sie schwur die Liebe ab; durch diesen Schwur
Leb ich wie tot, leb, dies zu sagen nur.

BENVOLIO

Nimm Rat von mir: Vergiß, an sie zu denken.

ROMEO

O lehre mich, wie man vergißt zu denken.

BENVOLIO

Stell's deinen Augen frei, nach andern Reizen
Umherzuspähn.

ROMEO

Das wär der Weg, die ihren,
So ausgesuchten, mehr noch zu begehren.
Die schwarze Farbe der beglückten Masken,
Die schöner Frauen Antlitz küssen, bringt uns
Auf den Gedanken, was sie Holdes bergen;
Der Blindgeschlagne kann den teuren Schatz
Verlornen Augenlichts niemals vergessen.
Zeig mir ein Weib, an Reiz unübertrefflich:
Kann ihr Reiz mehr als Mahnung sein an sie,
Die das Vortrefflichste noch übertraf?
Leb wohl – du lehrst mich das Vergessen nicht.

BENVOLIO

Ich lehr's dich oder sterb in Schuldnerpflicht.

Sie gehen ab

ZWEITE SZENE

Eine Straße

Capulet, Paris und ein Diener treten auf

CAPULET

Doch Montague ist ebenso wie ich
Bedroht mit Strafe; schwer ist's nicht, scheint mir,
Daß Männer unsres Alters Frieden halten.

PARIS

Von hohem Ansehn seid Ihr beide – schade
Ist's nur, daß Ihr so lang in Zwietracht lebtet.
Was aber sagt Ihr, Herr, zu meinem Antrag?

CAPULET

Ich sage nur, was ich bereits gesagt:
Mein Kind ist in der Welt noch unerfahren,
Kaum vierzehn Jahre sah sie gehn und kommen;
Zwei Sommer laßt verblühn in ihrer Pracht,
Eh' unsre Tochter sei zur Braut gemacht.

PARIS

Schon Jüngre wurden Mütter und recht glücklich.

CAPULET

Zu früh umworben heißt oft früh verdorben.
Mein ganzes andres Hoffen ging zugrunde:
Nur sie blieb mir als hoffnungsvolle Erbin.
Doch, edler Paris, freit, versucht Eu'r Heil:
Mein Beifall ist nur ihres Jaworts Teil.
Wählt sie freiwillig Euch zum Ehgemahl,
Dann stimm ich zu und freu mich ihrer Wahl.
Ich lud zum Abend viele liebe Gäste
Zu einem schon althergebrachten Feste:
Stellt Ihr Euch, hochwillkommen, auch mit ein,
Wird meine Gästeschar weit größer sein.
In meinem schlichten Haus seht Ihr die Pracht
Von Erdensternen strahlen in die Nacht.
Solch Reiz, der frohe Jünglinge entzückt,
Sobald der schmucke Lenz zu Leibe rückt

Dem lahmen Winter, eben solche Lust
An frischem Mädchenreiz soll Eure Brust
Bei mir genießen: seht und hört nach allen
Und wählt, die Euch am meisten mag gefallen:
Dann zählt man bei genauer Übersicht
Auch mein Kind mit, schätzt man sie auch noch nicht.
Kommt, geht mit mir. – Du, durch Verona lauf
Und suche sämtliche Personen auf,
Die hier geschrieben stehn: richt ihnen aus,
Willkomm und Lustbarkeit gewährt mein Haus.

Capulet und Paris gehen ab

DIENER

Aufsuchen, die hier geschrieben stehn! Geschrieben steht, daß der Schuster bei seiner Elle und der Schneider bei seinem Leisten bleiben soll, der Fischer bei seinem Pinsel und der Maler bei seinen Netzen; ich aber werde ausgeschickt, die Personen auszufinden, deren Namen hier geschrieben stehn, und kann nimmer ausfinden, wessen Namen die schreibende Person hier geschrieben hat. Ich muß zu den Studierten. *Er sieht Benvolio und Romeo kommen.* Ah, eben recht!

Benvolio und Romeo treten auf

BENVOLIO

Ach, Freund, ein Brand läßt andere vergehn,
Ein Leid nimmt ab durch eines andern Pein;
Drehst du dich schwindlig, hilft dir Rückwärtsdrehn,
Von wildem Gram wird andrer dich befrein.
Wird neue Ansteckung dein Aug' entzünden,
Dann wird das starke Gift der alten schwinden.

ROMEO

Das Wegrichblatt hilft dabei ganz vortrefflich.

BENVOLIO

Wobei, ich bitte?

ROMEO

Bei zerschrammtem Schienbein.

BENVOLIO

Wie, Romeo, bist du toll?

ROMEO

Nicht toll, doch mehr gefesselt als ein Toller,
Bin eingekerkert, ohne meine Kost,

während sich der Diener nähert

Gepeitscht, gefoltert und – gut'n Abend, Freund.

DIENER

Gott geb Euch guten Abend. Könnt Ihr lesen, Herr?

ROMEO

Gewiß, mein eignes Los in meinem Elend.

DIENER

Vielleicht habt Ihr das ohne Buch gelernt: aber ich bitt Euch, könnt Ihr alles vom Blatt lesen?

ROMEO

Ja, wenn ich die Buchstaben und die Sprache kenne.

DIENER

Ihr sprecht ehrlich; laßt's Euch gut gehen.

ROMEO

Wart, Bursche, ich kann lesen. *Er liest.* „Signor Martino nebst Gemahlin und Töchtern; Graf Anselm und seine schönen Schwestern; die Frau Witwe von Vitruvio; Signor Placentio und seine liebreizenden Nichten; Mercutio und sein Bruder Valentin; mein Oheim Capulet mit Gemahlin und Töchtern; meine schöne Nichte Rosalinde und Livia; Signor Valentio und sein Vetter Tybalt; Lucio und die muntere Helena." – Eine erlesene Gesellschaft; wohin sollen sie kommen?

DIENER

Herauf.

ROMEO

Wohin?

DIENER

Zum Abendessen; zu unserm Hause.

ROMEO

Wessen Hause?

DIENER

Meines Herrn.

ROMEO

Allerdings; ich hätte Euch das gleich fragen sollen.

DIENER

Nun, ich will's Euch ungefragt sagen. Mein Herr ist der große, reiche Capulet, und wenn Ihr nicht vom Hause Montague seid, dann bitte ich Euch, kommt und leert einen Becher Wein mit. Gehabt Euch wohl.

Er geht ab

BENVOLIO

Am hergebrachten Feste Capulets
Speist Rosalinde, die du so vergötterst,
Mit all den schönsten Damen von Verona:
Geh hin und blick mit unbefangnem Auge
Auch andre, die du siehst, vergleichend an:
Du glaubst mir's: eine Krähe ist dein Schwan.

ROMEO

Erweist sich meiner Augen frommer Glauben
Als Ketzerei, dann, Tränen, werdet Flammen,
Sie, denen Wasser nicht ihr Licht konnt rauben,
Soll ihr Betrug zum Feuertod verdammen!
Schöner als sie? Die allessehnde Sonne
Sah, seit die Welt besteht, nie höhre Wonne.

BENVOLIO

Du sahst sie stets allein, vor andern nie:
Mit beiden Augen wogst du einzig sie.
Wenn du in diese reinen Schalen legst
Auch andrer Mädchen Reiz und dann erwägst,
Was du wirst strahlen sehn auf diesem Feste,
Dann scheint dir matt, die jetzt dir scheint die Beste.

ROMEO

Ich gehe, reizt mich auch kein solcher Schein:
Der Meinen Glanz allein soll Lust mir sein.

Sie gehen ab

DRITTE SZENE

Ein Zimmer in Capulets Haus

Frau von Capulet und die Amme treten auf

FRAU VON CAPULET

Wo ist meine Tochter, Amme? Ruf sie mir her.

AMME

Nun, bei meiner Mädchenehre bis zum zwölften Jahre, ich sagte ihr, sie solle kommen. Heda, mein Lamm, mein Marienkäferchen! Bei Gott, wo ist das Mädchen? He, Julia!

Julia tritt auf

JULIA

Was gibt's? Wer ruft mich?

AMME

Eure Mutter.

JULIA

Da bin ich, Mutter. Was ist Euer Wunsch?

FRAU VON CAPULET

Darum geht es ... Amme, laß uns ein Weilchen allein, wir müssen vertraulich reden. – Nein, Amme, komm wieder, ich hab mir's überlegt, du sollst unser Gespräch mit anhören. Du weißt, meine Tochter ist nun im schönsten Alter.

AMME

Meiner Treu, ich weiß ihr Alter auf die Stunde genau.

FRAU VON CAPULET

Noch nicht vierzehn ist sie.

AMME

Vierzehn von meinen Zähnen will ich wetten – aber ach, zu meinem Leidwesen muß ich sagen, vier hab ich nur noch –, sie ist noch nicht vierzehn. Wie weit ist's noch bis Petri Kettenfeier?

FRAU VON CAPULET

Vierzehn Tage und gerade noch etwas darüber.

AMME

Gerade oder ungerade – von allen Tagen im Jahr ist es der Abend von Petri Kettenfeier, an dem sie vierzehn wird. Susanne und sie – Gott schenke allen Christenseelen Ruh – waren im gleichen Alter. Nun, Susanne ist bei Gott, sie war zu gut für mich. Aber, wie gesagt, an Petri Kettenfeier abends wird sie vierzehn, ja, meiner Treu, ich entsinne mich gut. Elf Jahre sind's nun seit dem Erdbeben; das war der Tag, an dem sie entwöhnt wurde – ich werde es mein Lebtag nicht vergessen. Hatt ich mir doch Wermut auf die Brust gelegt und saß in der Sonne an der Taubenhausmauer – Ihr waret mit dem Herrn in Mantua – ja, ich hab ein Gedächtnis! Aber, wie gesagt, als sie den Wermut auf meiner Brust spürte und er dem süßen Närrchen bitter schmeckte, da war es böse anzusehen, wie es sich mit der Brust erzürnte. Knacks! Da dröhnte der Taubenschlag – ich hatte kein Geheiß nötig, mich aus dem Staube zu machen. Und seitdem sind es nun elf Jahre; denn damals konnte sie schon aufrecht stehen, ja, beim Kreuz, laufen konnte sie schon und watschelte überall umher: denn genau am Tage vorher war sie gefallen und hatte eine Beule auf der Stirn, und mein Mann – Gott hab ihn selig, er war ein munterer Mann –, er hob das Kind auf: „Ei", sagte er, „fällst du noch aufs Gesicht? Du wirst nach hinten fallen, wenn du verständiger bist, nicht wahr, Julchen?" Und, bei Unserer Lieben Frau, der süße Schelm hörte auf zu weinen und sagte: „Ja." Da sieht man nun, wie ein Scherz zustande kommt! Ich wette, und sollt ich tausend Jahre leben, ich werde es nie und nimmer vergessen: „Nicht wahr, Julchen", sagte er, und das liebe Närrchen war still und sagte: „Ja."

FRAU VON CAPULET

Genug davon. Ich bitte dich, sei still.

AMME

Ja, Madam. Aber lachen muß ich doch, wenn ich daran denke, daß sie aufhörte zu weinen und „Ja" sagte, und ich kann doch versichern, sie hatte eine Beule auf der Stirn, so groß wie ein Taubenei! Ein tüchtiger Prall, und sie weinte bitterlich. „Ei", sagte mein Mann, „fällst aufs Gesicht? Du wirst nach hinten fallen, wenn du zu Jahren kommst, nicht wahr, Julchen?" Da wurde sie still und sagte: „Ja."

JULIA

Und sei du auch still, Amme, ich bitte dich.

AMME

Still? Ich bin fertig. Gott erwähle dich zu seiner Gnade! Du warst das feinste von allen Püppchen, die ich gestillt habe. Und ich möcht es erleben, dich vermählt zu sehen; das wär mein Wunsch.

FRAU VON CAPULET

Vermählung, ja, das eben ist das Thema,
Das ich besprechen wollte. Sagt mir, Tochter,
Wie steht's mit Euerm Wunsch, vermählt zu werden?

JULIA

Von solcher Ehre träumte ich noch nicht.

AMME

Ja, eine Ehre! Wär ich nicht deine einzige Amme, dann möcht ich sagen, du habest die Weisheit mit der Milch eingesogen.

FRAU VON CAPULET

Gut, dann denkt jetzt an Heirat; in Verona
Sind angesehne Damen, die noch jünger
Schon Mutter wurden. Meiner Rechnung nach
War ich schon Mutter in demselben Alter,
Wo Ihr noch Mädchen seid. Um kurz zu sein:
Der ritterliche Paris wirbt um Euch.

AMME

Ein Mann – Fräulein, Fräulein, ein Mann, daß alle Welt – nun, er ist ein Mann wie eine Wachsfigur.

FRAU VON CAPULET

Veronas Lenz hat keine solche Blume.

AMME

Ja, eine Blume ist er, eine rechte Blume.

FRAU VON CAPULET

Was sagt Ihr: könnt Ihr diesen Herrn wohl lieben?
Ihr sollt ihn heut auf unserm Fest gewahren:
Im Buch von Paris' Antlitz lest und findet

Entzücken, das der Schönheit Feder schrieb.
Gebt acht auf jeden Zug im Angesicht,
Wie alles sich bewegt im Gleichgewicht;
Und was noch dunkel in dem schönen Bande,
Das deuten seine Augen Euch am Rande.
Dem Liebesbuch, dem ungebundnen Mann
Steht zur Vollendung nur noch Bindung an.
Das Fleisch umhüllt die Seele; Stolz bewegt
Die äußre Schönheit, wenn sie innre hegt.
Man meint, dem Buch gereicht es selbst zum Ruhme,
Faßt es in Gold der Dichtung goldne Blume:
So teilt Ihr, habt Ihr ihn, all seine Gaben
Und werdet Euch nicht selbst vermindert haben.

AMME

Vermindert nicht! Nein, stärker wird sie werden:
Durch Männer werden Weiber stark auf Erden.

FRAU VON CAPULET

Sagt kurz: kann Paris' Liebe Euch bewegen?

JULIA

Vielleicht, wenn Sehen Sehnsucht kann erregen;
Nur soll des Auges Pfeil nicht tiefer dringen,
Als Eures Beifalls Kraft ihm leiht die Schwingen.

Ein Bedienter tritt auf

BEDIENTER

Madam, die Gäste sind eingetroffen, das Abendessen ist aufgetragen, man ruft nach Euch, man fragt nach dem Fräulein, in der Speisekammer flucht man der Amme, und das alles im höchsten Grade. Ich muß fort und aufwarten; ich bitte Euch, kommt unverzüglich.

FRAU VON CAPULET

Wir folgen dir.
Der Bediente geht ab
Der Graf wird nach uns fragen.

AMME

Such frohe Nächte, Kind, zu frohen Tagen.

Sie gehen ab

VIERTE SZENE

Straße vor Capulets Haus

Es treten auf: Romeo, Mercutio und Benvolio mit fünf oder sechs weiteren Masken, Fackelträgern und anderen

ROMEO

Soll diese Rede uns entschuldigen?
Wie? Oder treten wir ganz formlos ein?

BENVOLIO

Umstände machen ist nicht zeitgemäß.
Wir brauchen keinen blindgemachten Amor
Mit buntem, hölzernem Tatarenbogen,
Der Damen schreckt wie eine Vogelscheuche,
Noch einstudierten Vorspruch, dem Souffleur
Matt nachgeleiert, eh' wir näher treten.
Mag nur ihr Blick uns messen, wie sie wollen,
Wir tanzen ihnen vor ein Menuett
Und gehn dann wieder.

ROMEO

Gebt mir eine Fackel!
Ich bin nicht für dies Tänzeln; da mein Herz
So finster ist, laßt mich die Leuchte tragen.

MERCUTIO

Nein, Romeo, wir woll'n Euch tanzen sehn.

ROMEO

Mich nicht, das glaubt; Ihr habt zum Tanzen Schuhe
Mit leichten Sohlen: meine Seele ist
So schwer wie Blei und hält mich fest am Boden,
So komm ich nicht vom Fleck.

MERCUTIO

Ihr seid verliebt:
Borgt Euch Cupidos Flügel, schwingt Euch so
Mit ihnen auf im allgemeinen Schwung.

ROMEO

Mit zu viel Schwung durchbohrte mich sein Pfeil,
Als daß mich sein Gefieder noch beschwingte;

Im Schwunge überspring ich Herzleid nicht:
Ich sinke unter schwerer Liebeslast.

MERCUTIO

Sinkt Ihr auf Euer Lieb, ist's Last für sie:
Zu starker Druck wär's für ein zartes Ding.

ROMEO

Ist Lieb' ein zartes Ding? Zu rauh ist sie,
Zu schroff, zu grausam, und sie sticht wie Dornen.

MERCUTIO

Kommt Euch die Liebe rauh, seid rauh zur Liebe:
Stich gegen Stich, Ihr zwingt die Liebe nieder.
Ein Futteral, in das ich mein Gesicht leg:

er legt die Maske an

Fratze statt Fratze! Was geht mich das an,
Was für ein scharfes Aug' mich häßlich findet?
Erröte hier die Larvenstirn für mich.

BENVOLIO

Kommt! Klopft, und dann hinein, und sind wir drin,
Bediene jedermann sich seiner Beine.

ROMEO

Mir eine Fackel: laßt Vergnügungssücht'ge
Den starren Boden mit den Sohlen kitzeln;
Für mich gilt eine alte Redensart:
Lichtträger will ich, nur Betrachter sein;
Das Spiel war nie so schön – und ich stell's ein.

MERCUTIO

Unsinn! Die Maus ist hin, sagt nur der Büttel.
Steckst in der Patsche? Ziehn wir dich heraus
Aus dieser – mit Verlaub zu sagen – Liebe,
In der du steckst bis an die Ohren. Komm,
Wir brennen Licht bei Tag.

ROMEO

Nein, so ist's nicht.

MERCUTIO

Verschwenden wir durch keine weitre Frage
Das Licht, wie Lampen, die man brennt bei Tage.
Wir meinen's gut: fünfmal so guter Sinn,
Als einmal klug geurteilt, liegt darin.

ROMEO

Recht gut gemeint, zum Maskenball zu gehn,
Doch klug ist's nicht.

MERCUTIO

Wie ist das zu verstehn?

ROMEO

Ich träumte nachts ...

MERCUTIO

Auch ich, ganz unverhofft.

ROMEO

Gut, und was war's?

MERCUTIO

Nun, Träumer lügen oft.

ROMEO

Im Bette liegend, träumen sie, was wahr.

MERCUTIO

Dann war Fee Mab bei Euch, das ist mir klar.

BENVOLIO

Fee Mab? Wer ist sie denn?

MERCUTIO

Sie ist der Elfen Kindbettfrau und fährt,
Klein wie ein Bildchen, in Achat geschnitzt
Am Zeigefinger eines Aldermanns,
Mit einem Zweigespann von winz'gen Wesen
Den Menschen auf der Nase lang im Schlaf.
Die Kutsch' ist eine leere Haselnuß,
Eichhörnchens oder Meister Käfers Werk,

Seit alter Zeit der Elfen Wagenmacher.
Die Speichen sind aus langen Spinnenbeinen,
Aus Flügeln von Heupferdchen das Verdeck,
Aus feinsten Spinnenweben das Geschirr,
Die Zügel aus des Mondscheins feuchten Strahlen;
Der Peitschenstiel ist eines Heimchens Knochen,
Ein Spinnenfaden dient dazu als Riemen;
Ihr Fuhrmann, eine graugerockte Mücke,
Ist höchstens halb so groß wie 'n winz'ger Wurm,
Geschält aus einer faulen Dirne Finger.
In solchem Aufzug trabt sie Nacht für Nacht
Durchs Hirn Verliebter, die von Liebe träumen,
Ums Knie des Höflings, dem dann träumt, er beugt es,
Die Hand des Anwalts, der von Zahlung träumt,
Den Mund von Damen, deren Traum ein Kuß,
Von Mab in ihrem Zorn gar oft gequält
Mit Ausschlag, weil nach Duftbonbons sie riechen;
Bald huscht sie über eines Hofrats Nase,
Der träumt, er wittere ein Bittgesuch,
Bald kitzelt sie mit eines Zinsschweins Borste
Des Pfarrherrn Nase, wenn er schlafend liegt,
Worauf er träumt von einer zweiten Pfründe.
Bald sitzt sie einem Landsknecht im Genick,
Der gleich von Halsabschneiden träumt, von Breschen,
Von Hinterhalten, Toledanerklingen,
Fünf Klafter tiefen Gräben; plötzlich trommelt's
Ins Ohr ihm, daß er aufzuckt und erwacht,
In seinem Schreck ein, zwei Gebete ausstößt
Und weiterschläft. Das ist dieselbe Mab,
Die Pferdemähnen in der Nacht verfilzt
Und sie zusammenbackt zu häßlichen
Und schmutz'gen Elfenzöpfen, die entwirrt
Viel Ungemach bedeuten; 's ist die Hexe,
Die Jungfraun, wenn sie auf dem Rücken liegen,
Bedrückt und sie zuerst sich schicken lehrt,
Daß sie geschickte Ehefrauen werden:
Das ist sie . . .

ROMEO

Still doch, still, Mercutio, still,
Du schwatzt von nichts.

MERCUTIO

Ganz recht, ich sprech von Träumen,
Den Kindern eines müßigen Gehirns,
Aus nichts als eitel Phantasie erzeugt,
Die an Gehalt so schwach sind wie die Luft
Und unbeständ'ger als der Wind, der eben
Die kalte Brust des Nordens noch umbuhlt
Und voller Unmut schnell sich wieder dreht
Mit Richtung nach dem taubenetzten Süden.

BENVOLIO

Der Wind, von dem Ihr sprecht, verschlägt uns selbst;
Vorbei ist's Mahl, wir kommen schon zu spät.

ROMEO

Zu früh, fürcht ich: ich ahne Böses, das,
Noch in den Sternen schwebend, bitterlich
Mit den Belustigungen dieser Nacht
Den unheilvollen Anfang nimmt und dann
Ein Ende dem in meiner Brust verschloßnen,
Verhaßten Leben setzt durch irgendeine
Verwirkte Buße für unzeit'gen Tod:
Doch er, der meines Kurses Steuer lenkt,
Regier mein Segel! Vorwärts, muntre Herren.

BENVOLIO

Die Trommel rührt!

Sie gehen ab

FÜNFTE SZENE

Ein Saal in Capulets Haus

Musikanten stehen in Bereitschaft. Zwei Bediente treten auf, später zwei weitere

ERSTER BEDIENTER

Wo ist Schmortopf, daß er nicht abräumen hilft? Der und einen Teller wechseln! Der und eine Schüssel kratzen!

ZWEITER BEDIENTER

Wenn die gute Lebensart ganz in den Händen von ein oder zwei Menschen liegt, die gar noch ungewaschen sind, ist's eine unsaubere Sache.

ERSTER BEDIENTER

Fort mit den Klappstühlen! Rückt den Kredenztisch beiseite, achtet auf das Silberzeug! Mein Lieber, heb mir ein Stück Marzipan auf, und wenn du mein Freund bist, sag dem Pförtner, er soll Suse Schleifstein und Lenchen hereinlassen. – Anton! Schmortopf!

DRITTER BEDIENTER

Ja, Junge, da sind wir.

ERSTER BEDIENTER

Man sucht euch, man ruft nach euch, fragt nach euch und verlangt nach euch im Gesellschaftszimmer.

VIERTER BEDIENTER

Wir können nicht hier und dort zugleich sein. Munter, Jungen; ein bißchen flink, und wer zuletzt lacht, lacht am besten.

Sie ziehen sich zurück

Von verschiedenen Seiten treten auf: Capulet mit Julia und anderen Angehörigen des Hauses, darunter Tybalt, und den Gästen; andererseits die Masken

CAPULET

Ihr Herrn, willkommen! Damen, deren Zehn
Kein Hühnerauge plagt, erwarten Tänzer.
Nun, meine Damen, welche von Euch allen
Versagt sich nun zum Tanze? Wer sich ziert,
Hat Hühneraugen; hab ich recht? Ihr wißt?
Willkommen, Herrn; bei mir ist's lange her,
Seit ich maskiert war und 'ner schönen Dame
Ein Wort ins Ohr zu flüstern wußt, wie's gern
Gehört wird: 's ist vorbei, vorbei, vorbei.
Willkommen, Herren! Musikanten, spielt!

Musik und Tanz

Mehr Licht, ihr Burschen; klappt die Tische hoch
Und löscht das Feuer; 's ist zu heiß im Saal.
Ah! Dieser unverhoffte Spaß ist trefflich.
Nun, setzt Euch, setzt Euch, Vetter Capulet;
Für Euch und mich ist's mit dem Tanzen aus.
Wie lang ist's her, seit Ihr und ich zuletzt
Als Masken gingen?

ZWEITER CAPULET

Dreißig Jahr, weiß Gott.

CAPULET

Wie, Mann! So lange nicht, so lange nicht:
's war bei der Hochzeit von Lucentio;
Am nächsten Pfingstfest, sei's auch noch so nah,
Sind's fünfundzwanzig Jahr: da war'n wir Masken.

ZWEITER CAPULET

's ist mehr, 's ist mehr: sein Sohn ist älter, Vetter,
Sein Sohn ist dreißig.

CAPULET

Mir wollt Ihr das sagen?
Sein Sohn war vor zwei Jahren noch ein Mündel.

ROMEO

zu einem Bedienten

Wer ist das Fräulein, das die Hand beglückt
Dort jenes Kavaliers?

BEDIENTER

Ich weiß nicht, Herr.

ROMEO

Oh! Sie lehrt Fackeln strahlen voller Pracht:
Es scheint, sie hängt am Angesicht der Nacht
Wie die Juwelen an der Mohrin Ohren.
Zu reich an Schönheit, nicht der Welt erkoren,
Als weiße Taube in der Krähenschar
Stellt sie in diesem Damenflor sich dar.
Schweigt die Musik, erspäh ich, wo sie stand:
Die Hand ihr fassend, weih ich meine Hand.

Liebte mein Herz schon? Leugne es, Gesicht!
Bis heute sah ich wahre Schönheit nicht.

TYBALT

Der Stimme nach ist das ein Montague.
Hol meinen Degen, Bursche. Wagt's der Schurke,
Mit einer Narrenfratze herzukommen
Und unser Fest mit Spott und Hohn zu äffen?
Bei meines Hauses Abkunft, hoch in Ehren,
Soll's, ihn zu töten, nicht mein Herz beschweren.

CAPULET

Wie, Vetter, warum braust Ihr auf so mächtig?

TYBALT

Ein Montague ist's, uns als Feind verdächtig,
Ein Schurke, der nur herkam, uns zu höhnen,
An unserm Feste seinem Spott zu frönen.

CAPULET

Der junge Romeo?

TYBALT

Ja, Romeo, der Schurke.

CAPULET

Still, lieber Neffe, laß ihn hübsch in Ruh,
Er hält sich wie ein Kavalier von Ruf,
Und, wahr zu sein, Verona weiß zu rühmen
Die Sittsamkeit und Tugend dieses Jünglings:
Ich wollt für allen Reichtum dieser Stadt
In meinem Haus ihn nicht verunglimpft sehn.
Drum üb Geduld, und achte nicht auf ihn:
Das ist mein Wille; wenn du ihn beherzigst,
Betrag dich freundlich – weg den finstern Blick,
Den du zur Unzeit angenommen hast.

TYBALT

Er taugt, wenn solch ein Schurke kommt als Gast;
Ich duld ihn nicht.

CAPULET

Er soll geduldet werden!
Gevatter Junge, hört, ich sag: er soll!

Bin ich hier Hausherr oder Ihr? Er soll!
Ihr ihn nicht dulden! Gott helf meiner Seele,
Ihr stiftet Aufruhr unter meinen Gästen!
Wollt Ihr der Herr hier sein, ganz obenauf?

TYBALT

Nun, Oheim, 's ist ein Schimpf.

CAPULET

Ach was, ach was,
Ein dreister Bursch seid Ihr – *zu Gästen* – nicht wahr, so ist's?
Der Streich bringt Euch noch Schaden, laßt Euch sagen!
Ihr müßt mir widersprechen! Nun ist's Zeit.

Zu einem tanzenden Paar

Brav, Herzenskinder. – Frechdachs Ihr, ach geht,
Seid stille, oder – Licht, mehr Licht! – Pfui, schämt Euch,
Ich bringe Euch zur Ruh. *Zu Gästen.* Nur lustig, Kinder!

TYBALT

Wenn sich erzwungne Ruh und wilde Wut
In mir vermischen sollen, kocht mein Blut.
Ich geh: doch soll sein Mut, hier einzudringen,
Nach süßem Traum gallbittres Leid ihm bringen.

Er geht ab

ROMEO

Wenn meine ganz unwerte Hand entweiht
Dies Heil'genbild, dann halten meine Lippen,
Zwei Pilger, die erröten, sich bereit,
Mit sanftem Kuß den Makel fortzunippen.

JULIA

Ihr, Pilgrim, sprecht von Eurer Hand zu schlecht,
Die schickliche Verehrung zeigen muß;
Der Pilger faßt der Heil'gen Hand mit Recht,
Und Hand auf Hand ist frommer Pilger Kuß.

ROMEO

Doch Heil'ge haben Lippen – Pilger auch.

JULIA

Ja, Lippen, die sie brauchen zum Gebet.

ROMEO

Gebrauch die Lippen nach der Hände Brauch,
Damit aus Glauben Trübsal nicht entsteht.

JULIA

Still stehn die Heil'gen, auch wenn sie erfüllen.

ROMEO

Dann steht auch Ihr still, meinen Wunsch zu stillen:

Er küßt sie

So hat dein Mund mich rein von Sünd' gemacht.

JULIA

Dann hat er Sünd', von der er Euch befreit.

ROMEO

Von Sünde mich? O Fehl, süß vorgebracht!
Gib sie zurück!

Er küßt sie wieder

JULIA

Ihr küßt mit Artigkeit.

Die Amme tritt auf

AMME

Fräulein, zu sprechen wünscht Euch die Frau Mutter.

Julia zieht sich zurück

ROMEO

Wer ist die Mutter?

AMME

Ei, mein junger Herr,
Die Frau des Hauses hier ist ihre Mutter,
Gut, weise, eine tugendhafte Dame:
Ich zog die Tochter auf, mit der Ihr sprachet.
Wer sie bekommt, dem lacht gewiß das Glück.

ROMEO

O ernste Auskunft! Eine Capulet?
Die Schuld beim Feind macht nur mein Leben wett.

BENVOLIO

Komm, fort! Auf seinem Gipfel ist das Fest.

ROMEO

Ja, um so mehr fürcht ich den bittren Rest.

CAPULET

Nein, meine Herren, brecht mir noch nicht auf:
Ein schlichter kleiner Nachtisch steht bereit.

Die Masken flüstern ihm etwas ins Ohr

So muß es sein? Nun wohl, ich dank Euch allen,
Dank, ehrenwerte Herren; gute Nacht.
Mehr Fackeln hier! – Nun kommt, wir gehn zu Bett.

Er winkt einem Diener

Ah, heda! Meiner Treu, es wird schon spät:
Ich will zur Ruh.

Alle gehen ab, außer Julia und der Amme

JULIA

Komm hierher, Amme. Wer ist jener Herr?

AMME

Der Sohn und Erbe von Tiberio.

JULIA

Wer jener, der dort jetzt den Saal verläßt?

AMME

Mich dünkt, der junge Herr Petruchio ist es.

JULIA

Wer ist's, der jetzt folgt, der nicht tanzen wollte?

AMME

Ich weiß es nicht.

JULIA

Nach seinem Namen frag. – Ist er vermählt,
Hab statt des Brautbetts ich mein Grab gewählt.

AMME

Sein Nam' ist Romeo, ein Montague,
Und Eures großen Feindes einz'ger Sohn.

JULIA

Die einz'ge Lieb' aus einz'gem Haß entbrannt:
Zu früh als fremd gesehn, zu spät erkannt.
Ein dunkles Liebeslos hat mich getrieben,
Daß ich den Feind, dem Haß gebührt, muß lieben.

AMME

Ei nun! Was gibt's?

JULIA

Ein Vers, den ich soeben
Von einem Tänzer hörte.

STIMMEN HINTER DER SZENE

Julia!

AMME

Gleich, gleich! – Kommt, Kind, es ist kein Gast mehr da.

Sie gehen ab

ZWEITER AKT

—

PROLOG

CHORUS

Die alte Leidenschaft ist nun verblichen,
Und junge Liebe lechzt, sie zu beerben;
Nicht schön mehr ist, mit Julia verglichen,
Die Schöne, für die Romeo wollt sterben.

Er wird geliebt, ist selbst von Lieb' entflammt,
Und Zauberblicke ihn wie sie beglücken;
Doch durch Familienzwist sind sie verdammt,
Verpönter Liebe süße Frucht zu pflücken.

Als Feind betrachtet, kann er nicht gelangen
Zu Schwüren, wie sonst Liebende sie tauschen;
Und sie, stark wie sie liebt, muß mehr noch bangen,
Ihm zu begegnen und auf ihn zu lauschen:

Doch Leid gibt ihnen Kraft, und Gunst der Zeit
Mischt höchste Not mit Lust und Seligkeit.

Er geht ab

ERSTE SZENE

Capulets Garten

Romeo tritt allein auf

ROMEO

Kann ich hier fortgehn, und mein Herz ist hier?
Zurück, freudloser Stern, such deinen Mittelpunkt.

Er zieht sich zurück

Benvolio und Mercutio treten auf

BENVOLIO

Romeo! Vetter Romeo!

MERCUTIO

Er ist klug:
Er hat sich weggestohlen, heim, ins Bett.

BENVOLIO

Hier lief er, übersprang die Gartenmauer.
Ruf ihn, Mercutio.

MERCUTIO

Ihn rufen? Ei, ich will ihn auch beschwören!
Romeo! Tollverliebter! Grillenfänger!
Erschein als eines Seufzers Ebenbild!
Sag einen Reim her, und ich bin beruhigt;
Ruf „Weh mir" aus und reime Liebe-Triebe;
Ein einz'ges Kosewort schenk Base Venus,
Ein Neckwort ihrem blinden Sohn und Erben,
Dem blonden Buben Amor, der gut schoß,
Als Lieb' entbrannte in Kophetua,
Dem König, zu der Bettlermaid! Er hört nicht,
Er rührt sich nicht, bewegt sich nicht; der Narr
Ist tot, und ich muß ihn beschwören: Ich
Beschwör dich bei Rosaliens Feuerblick,
Bei ihrer hohen Stirn, den Purpurlippen,
Bei ihrem hübschen Fuß und schlanken Bein,
Beim Wiegen ihrer Schenkel und dem Reiche,
Das dicht daneben liegt: auf, auf, erscheine
Vor uns in deiner eigenen Gestalt!

BENVOLIO

Wenn er dich hört, dann wirst du ihn erzürnen.

MERCUTIO

Das kann ihn nicht erzürnen; zürnen könnt er,
Wenn ich 'nen Geist von nie gesehner Art
In seiner Dame Schoß gezaubert hätte
Und dort ihn stehen ließe, bis sie ihn
Beschworen hätt, mit ihr ins Zeug zu gehn:
Das wär verdrießlich; meine Anrufung
Ist gut und ehrbar: ich beschwör ihn nur
Im Namen seiner Dame, aufzutauchen.

BENVOLIO

Komm, er verbarg sich hinter diesen Bäumen,
Um Trost zu suchen bei dem Tau der Nacht.
Da seine Liebe blind, ist's Dunkel recht.

MERCUTIO

Ist Liebe blind, dann trifft die Liebe schlecht.
Er sitzt wohl unter einem Mispelbaum
Und wünscht, sein Lieb wär jene Art von Frucht,
Die Mädchen, heimlich kichernd, Mispel nennen.
Ach, wär sie doch 'ne offne und so weiter
Und Romeo wär eine schlanke Birne.
Nun, Romeo, gut' Nacht, ich will ins Bett:
Dies Feldbett ist zum Schlafen mir zu kalt.
Komm, soll'n wir gehn?

BENVOLIO

Komm, denn wir suchen ihn
Vergeblich hier, der ungern wär gefunden.

Sie gehen ab

ZWEITE SZENE

Ebenda

Romeo tritt hervor

ROMEO

Die Narben höhnt, wer niemals litt an Wunden.
Still! Welcher Glanz bricht durch das Fenster dort?
Es ist der Ost, und Julia ist die Sonne!
Geh auf, du helle Sonne, töte Luna,
Die krank und bleich bereits vor Ärger ist,
Daß du, die Dienerin, weit schöner bist
Als sie; o dien ihr nicht, denn sie ist neidisch:
Ihr fades priesterliches Kleid wird nur
Von Törinnen getragen – wirf es ab!

Julia tritt oben an das Fenster

's ist meines Herzens Dame! Die Geliebte!
O wüßte sie, daß sie es ist!

Sie spricht – doch sagt sie nichts; was liegt daran:
Ihr Auge spricht, ihm will ich Antwort geben.
Ich bin zu kühn, zu mir ja spricht sie nicht:
Der schönsten Sterne zwei am ganzen Himmel,
Die sonst beschäftigt, bitten Julias Augen,
In ihren Sphären unterdes zu funkeln.
Wie! Wären Julias Augen oben und
In ihrem Angesicht die Sterne? Dann
Wird ihrer Wangen Glanz sie so beschämen
Wie Tageslicht die Lampen; Julias Augen
Am Himmel würden durch den Äther dringen,
Die Vögel weckend, so, daß sie nun singen.
Ah! Wie sie auf die Hand die Wange lehnt!
Wär ich ein Handschuh doch an dieser Hand,
Die Wange zu berühren.

JULIA

Ach!

ROMEO

Sie spricht!
Sprich weiter, lichter Engel: denn du bist
Für diese Nacht so hell zu meinen Häupten
Wie ein beschwingter Himmelsbote für
Weit aufgerißne Augen Sterblicher,
Die sich zurückfall'n lassen, um ihm nachzustarren,
Wie er auf sanft hinziehendes Gewölk
Sich schwingt und auf des Äthers Busen segelt.

JULIA

Ach Romeo, Romeo! Warum bist du Romeo?
Verleugne deinen Vater, Romeo,
Leg deinen Namen ab: doch willst du's nicht,
Dann sei nur mein verschworener Geliebter,
Und ich will keine Capulet mehr sein.

ROMEO

für sich

Soll mehr ich hören, oder soll ich reden?

JULIA

Dein Name einzig ist mein Feind: du bist
Du selbst, auch wenn kein Montague du wärst.
Was ist denn Montague? Nicht Hand noch Fuß,
Nicht Arm noch Antlitz oder sonst ein Teil
An einem Mann. Trag einen andern Namen!
Was ist ein Name? Was wir Rose nennen,
Würd unter anderm Namen auch so duften:
So würde Romeo, hieße er auch nicht so,
Behalten seine köstliche Vollendung
Ohn' diesen Namen. Romeo, leg ihn ab,
Und für den Namen, der kein Teil von dir,
Nimm all mein Selbst.

ROMEO

kommt näher

Ich nehme dich beim Wort!
Nenn mich Geliebter: umgetauft werd ich
Dann sein und werde nie mehr Romeo heißen.

JULIA

Wer bist du, der so durch die Nacht gedeckt
In mein Geheimnis dringt?

ROMEO

Durch einen Namen
Weiß ich's dir nicht zu sagen, wer ich bin;
Mein Name, teure Heil'ge, ist mir selbst
Verhaßt, weil er dir feindlich ist: wenn ich
Ihn schriftlich hätt, zerrisse ich das Wort.

JULIA

Obgleich mein Ohr nicht hundert Worte trank
Von dieses Mundes Laut, kenn ich den Ton.
Bist du nicht Romeo, und ein Montague?

ROMEO

Bin keins von beiden, schönes Mädchen, wenn
Dir eines nur mißfällt.

JULIA

Wie kamst du her,
Erklär mir, und weshalb? Die Gartenmauer

Ist hoch, und schwierig ist sie zu ersteigen;
Für dich bedeutet dieser Ort den Tod,
Wenn einer meiner Vettern dich hier trifft.

ROMEO

Der Liebe Schwingen trugen mich herüber,
Denn keine Mauer sperrt die Liebe aus,
Und was die Liebe kann, das wagt sie auch:
So hindern mich auch deine Vettern nicht.

JULIA

Wenn sie dich sehen, werden sie dich töten.

ROMEO

Ach, mehr Gefahr als zwanzig ihrer Schwerter
Enthält dein Auge: blicke hold, dann bin
Ich hieb- und stichfest gegen ihren Haß.

JULIA

Nicht um die Welt möcht ich, sie sähn dich hier.

ROMEO

Das Kleid der Nacht verbirgt mich ihren Blicken;
Nur wenn du mich nicht liebst, laß sie mich finden:
Ich zöge schnellen Tod durch ihren Haß
Dem Siechtum ohne deine Liebe vor.

JULIA

Wer zeigte dir den Weg zu diesem Ort?

ROMEO

Die Liebe riet zuerst mir an, zu forschen;
Sie lieh mir Rat, und ich lieh ihr die Augen.
Ich bin kein Steuermann; doch wärest du
So fern mir wie ein grenzenloser Strand,
Der von dem fernsten Meere wird umspült,
Ich wagte eine Fahrt für solch ein Gut.

JULIA

Du weißt, die Nacht verhüllt mir das Gesicht,
Das mädchenhafte Scham sonst röten würde

Um das, was du bei Nacht mich sagen hörtest.
Ich hielt' auf Sitte gern und leugnet gern,
Was ich da sprach: doch Förmlichkeit fahr hin!
Liebst du mich denn? Ich weiß es, du sagst ja,
Und nehme dich beim Wort; doch wenn du schwörst,
Dann könnt's ein Meineid werden: Jupiter
Lacht, wie man sagt, der Schwüre von Verliebten.
O edler Romeo, wenn du mich liebst,
Dann sprich's getreulich aus; doch wenn du glaubst,
Ich sei zu rasch erlangt, dann blick ich finster,
Bin trotzig, sag dir nein, wenn du willst werben:
Doch sonst nicht um die Welt. Mir kommt's zu sehr
Von Herzen, und so magst du mein Verhalten
Als Leichtsinn deuten; aber glaub, ich werde
Mich echter zeigen als so manche, die
Im Sprödetun mehr Fertigkeit besitzt.
Ich hätte spröder müssen sein, gesteh ich,
Damit du nicht, mir unbewußt, den Ausbruch
Von wahrer Liebe wahrnahmst: drum verzeih,
Halt nicht für Liebelei mein Selbstbekenntnis,
Das so die dunkle Nacht verriet.

ROMEO

Mein Fräulein,
Ich schwör's bei jenem gnadenreichen Mond,
Der silbern all die Obstbaumwipfel färbt...

JULIA

Schwör nicht beim Mond, dem unbeständ'gen Mond,
Der monatlich in seiner runden Bahn
Sein Antlitz ändert: sonst zeigt deine Liebe
Sich auch so wandelbar.

ROMEO

Wie soll ich schwören?

JULIA

Schwör gar nicht, oder, wenn du willst, dann schwör
Bei deinem edlen Selbst, das ja der Gott ist
In meiner Gläubigkeit, dann glaub ich dir.

ROMEO

Wenn meines treuen Herzens Liebe . . .

JULIA

Laß,
Schwör nicht. Obwohl ich dein mich freu, so freu ich
Mich nicht an diesem nächtlichen Gelübde;
Es kommt zu rasch, zu unversehns, zu plötzlich
Und gleicht zu sehr dem Blitz, der nicht mehr ist,
Noch eh' man sagen kann: „Es blitzt." Gut' Nacht,
Du Teurer! Diese Liebesknospe kann
Im Hauch des Sommers sich zur schönen Blume
Entfalten bis zum nächsten Wiedersehn.
Gut' Nacht, gut' Nacht! So süßen Schlaf und Ruh,
Die meine Brust erfüllen, find auch du.

ROMEO

Trennst du dich ohne Gunstbeweis von mir?

JULIA

Welch eine Gunst könntst du heut nacht empfangen?

ROMEO

Tausch deinen Schwur der treuen Lieb' für meinen.

JULIA

Ich gab dir meinen, eh' du ihn erbatest,
Und wollte doch, er wär zurückzugeben.

ROMEO

Du möchtst ihn widerrufen, Lieb? Weshalb?

JULIA

Freigebig nur zu sein, ihn neu zu geben.
Und doch, ich wünsche nur, was ich schon habe:
Mein Geben ist so endlos wie das Meer,
So tief mein Lieben; beide sind unendlich:
Je mehr ich dir geb, um so mehr hab ich.

Man hört die Amme leise „Fräulein, Fräulein" rufen

Ich höre rufen; lebe wohl, mein Trauter!
Gleich, Amme! – Liebster, bleibe treu und lauter.
Ein wenig wart noch: ich will wiederkommen.

Sie geht ab

ROMEO

O sel'ge, sel'ge Nacht! Ich fürchte nur,
Da's Nacht ist, alles dies sei nur ein Traum,
Zu schmeichelnd süß, um Wirklichkeit zu sein.

Julia erscheint wieder

JULIA

Drei Worte noch: dann wirklich gute Nacht.
Wenn tugendhaft dein Liebeswerben ist,
Dein Ziel Vermählung, gib mir morgen kund
Durch jemand, den ich dir als Boten sende,
Zu welcher Zeit und wo die Trauung sei:
Dann leg ich dir all mein Geschick zu Füßen
Und folg dir, meinem Herrn, durch alle Welt.

AMME

hinter der Szene

Fräulein!

JULIA

Ich komme gleich! – Doch meinst du's nicht gut,
Dann bitt ich dich ...

AMME

hinter der Szene

Fräulein!

JULIA

Ich komme gleich ...
Dann stell dein Werben ein und überlaß
Mich meinem Leid. Ich schicke morgen früh.

ROMEO

Bei meiner Seel' ...

JULIA

Nun tausendmal gut' Nacht!

Sie geht ab

ROMEO

Tausendmal schlechter ohn' dein Licht verbracht.
Man geht zur Liebsten froh, wie Schüler heimwärts traben,
Doch fort vom Lieb so ernst, wie hin zur Schule Knaben.

Er geht langsam ab

Julia erscheint wieder

JULIA

Pst, Romeo, pst! – Hätt ich des Falkners Stimme,
Den Edelfalken mir zurückzulocken!
Der Zwang ist heiser, spricht nicht gerne laut,
Sonst wollte ich des Echos Höhle sprengen
Und machte seine luft'ge Kehle heisrer
Als meine mit dem Namen meines Romeo.

ROMEO
zurückkehrend

Es ist mein Herz, das meinen Namen ruft.
Wie silbersüß tönt nachts der Liebe Stimme,
Wie sanfteste Musik andächt'gen Hörern.

JULIA

Romeo!

ROMEO

Teure . . .

JULIA

Sag mir, wann am Morgen
Ich zu dir senden soll?

ROMEO

Zur neunten Stunde.

JULIA

Ich säum nicht: zwanzig Jahr sind's bis dahin.
Doch ich vergaß, warum ich dich zurückrief.

ROMEO

Laß mich hier stehen, bis du dich erinnerst.

JULIA

Damit du stets hier bleibst, will ich vergessen
Und denken, wie ich deine Nähe liebe.

ROMEO

Damit du stets vergißt, will ich stets bleiben
Und außer diesem jedes Heim vergessen.

JULIA

Der Morgen graut. Ich möchte, daß du gehst,
Doch nur so weit wie eines Mägdleins Vogel,
Den sie ein wenig von der Hand läßt hüpfen
Wie einen Häftling an geflochtner Fessel
Und den an seidner Schnur zurück sie zieht,
So liebend ängstlich seiner Freiheit wegen.

ROMEO

Dein Vöglein möcht ich sein.

JULIA

Ich wollt, du wärst es;
Nur brächt ich dich durch Liebkosungen um.
Gut' Nacht! Das Scheiden bringt so süße Sorgen,
Daß gute Nacht ich sage bis zum Morgen.

Sie geht ab

ROMEO

Schlaf deinem Aug', Friede dem Herzen nun!
Wär ich doch Schlaf und Fried', so süß zu ruhn!
Zu meinem Beichtiger will ich nun gehn
Und Rat in meinem Liebeslos erflehn.

Er geht ab

DRITTE SZENE

Pater Lorenzos Zelle

Lorenzo tritt mit einem Korb auf

LORENZO

Das Morgengraun die Finsternis durchbricht
Und streift schon das Gewölk im Ost mit Licht;
Geflecktes Dunkel wie ein Trunkner schwankt

Und vor dem Tag aus Helios' Radspur wankt.
Bevor die Sonne voll den Glutblick hebt,
Den Tau der Nacht trinkt und den Tag belebt,
Muß ich nach Giftkraut mich und Blumen bücken,
An Heilkraft reich, und in den Korb hier pflücken.
Der Lebenshort, die Erde, ist nicht nur
Ihr Grab, sie ist der Schoß auch der Natur;
Verschiedne Kinder, die ihr Schoß gebar,
Nehm ich an ihrem Mutterbusen wahr:
An vielen Tugenden sind viele reich,
Keins ohne eine, keins dem andern gleich.
Oh, wirkungsvoll ist aller Kräfte Segen,
Die sich in Kräutern, Pflanzen, Steinen regen:
Denn nichts, was lebt auf Erden, ist so schlecht,
Daß es der Erde keinen Nutzen brächt,
Und nichts so gut, das nicht, wenn's falsch gewählt,
Die Abkunft leugnet und den Zweck verfehlt.
Mißbrauchte Tugend kann zum Laster werden,
Das Laster sich zuweilen gut gebärden.
So kommt's, daß Gift wie Heilungskraft ich finde
In dieses schwachen Blümleins zarter Rinde:
Durch ihren Duft belebt sie jeden Sinn,
Doch schmeckt man sie, ist alles Sinnen hin.
Zwei solche Kräfte stehen sich entgegen
Im Menschen wie im Kraut: Unheil und Segen,
Und wo das Böse übermächtig ist,
Der Todeswurm bald ganz die Pflanze frißt.

Romeo tritt auf

ROMEO

Gut'n Morgen, Vater.

LORENZO

Benedicite!
Welch frühe Stimme grüßt so lieb mich, he?
Darin zeigt sich ein wirrer Kopf, mein Sohn,
Daß aus dem Bett du sprangst so zeitig schon:
Die Sorge wacht in jedes Alten Augen,
Und wo sie haust, da kann der Schlaf nichts taugen;
Wo unbeschwerte Jugend ohne Kummer
Die Glieder dehnt, da wohnt der goldne Schlummer.

So hat mir denn dein Frühaufstehn entdeckt,
Dich hat wohl eine Krankheit aufgeweckt;
Wenn's nicht so ist, dann hab ich recht gedacht:
Freund Romeo war nicht zu Bett heut nacht.

ROMEO

So ist's, und hatte um so süßre Ruh.

LORENZO

Bei Gott, warst du bei Rosalinde, du?

ROMEO

Bei Rosalinde? Nein, Beichtvater, nein!
Der Name ist verschmerzt samt seiner Pein.

LORENZO

Mein guter Sohn! Doch wirst du es mir sagen?

ROMEO

Ich sag's dir, eh' du nochmals brauchst zu fragen.
Bei meinem Feind in einer frohen Runde
Schlug eine unversehns mir eine Wunde,
Und ich ihr auch: zu heilen sind wir zwei
Allein durch deine heilige Arznei.
Haß kenn ich nicht, du frommer Mann, o nein,
Denn mein Begehren schließt die Feindin ein.

LORENZO

Dann kurz und klar, mein Sohn, nenn dein Begehren:
Wer Rätsel beichtet, wird nur Rätsel hören.

ROMEO

Kurzum: mein Herz, in heißer Lieb entbrannt,
Hat Julia Capulet sich zugewandt.
Mein Herz entbrannt an ihr, sie an dem meinen;
Schon gänzlich eins, mußt du uns noch vereinen
In heil'ger Ehe; wo und wie und wann
Mit Blicken, Werben, Schwüren es begann,
Das will ich, wenn wir gehen, dir erzählen,
Nur stimme zu, uns heut noch zu vermählen.

LORENZO

Beim heil'gen Franz! Ein Wechsel, sonderbar!
Ist Rosalinde, die dein Abgott war,
Schon abgetan? Liegt junger Männer Liebe
Im Auge nur, und nicht im innern Triebe?
Jesus Maria! Wieviel salzig Naß
Wusch dein Gesicht um Rosalinden blaß!
Wieviel Salzwasser ward umsonst vergossen,
Liebe zu würzen, die nicht echt entsprossen.
Der Himmel ist bewölkt von deinem Stöhnen,
Dein Seufzen hör ich noch im Ohr mir dröhnen;
Auf deinen Wangen, sieh, kann ich entdecken
Der noch nicht abgespülten Tränen Flecken:
Wenn je du warst du selbst, dein diese Schmerzen,
Littst du um Rosalind mit ganzem Herzen.
Bist du verwandelt? Merk den Sinnspruch dann:
Das Weib mag fallen, wenn so schwach der Mann.

ROMEO

Weil ich sie liebte, hast du oft gescholten.

LORENZO

Das hat dem Tollverliebtsein nur gegolten.

ROMEO

Die Lieb' sollt ich begraben.

LORENZO

In kein Grab,
In dem die eine löst die andre ab.

ROMEO

Schilt bitte nicht; sie, die mein Herz jetzt liebt,
Mir Huld für Huld und Lieb' für Liebe gibt;
Jene tat's nicht.

LORENZO

Sie wußte, daß dein Lieben
Nur Schwärmen war, von Reife nicht getrieben.
Doch, Junker Flattergeist, komm, geh mit mir,
Aus einem Grunde halte ich zu dir:

Denn glücklich kann eu'r Bund vielleicht beenden
Der Häuser Zwist und ihn zum Guten wenden.

ROMEO

Ja, fort! Ich bin in Eile!

LORENZO

Klug und sacht!
Man strauchelt nur, rennt man so unbedacht.

Sie gehen ab

VIERTE SZENE

Eine Straße

Benvolio und Mercutio treten auf

MERCUTIO

Wo, zum Teufel, kann dieser Romeo sein? Kam er heute nacht nicht nach Hause?

BENVOLIO

Zu seinem Vater nicht; ich sprach seinen Bedienten.

MERCUTIO

Nun, eben dieses bleiche, hartherzige Weibsbild, diese Rosalinde, peinigt ihn so, daß er noch den Verstand verlieren wird.

BENVOLIO

Tybalt, der Neffe des alten Capulet, hat ihm einen Brief in seines Vaters Haus geschickt.

MERCUTIO

Eine Herausforderung, bei meinem Leben.

BENVOLIO

Romeo wird ihn beantworten.

MERCUTIO

Einen Brief beantworten kann jeder Mensch, der schreiben kann.

BENVOLIO

Nun, er wird dem Absender des Briefes so antworten, wie es eine Herausforderung erfordert.

MERCUTIO

Ach, dann ist der arme Romeo schon tot! Totgestochen vom schwarzen Auge eines blassen Mädchens; durchs Ohr geschossen von einem Liebeslied; das innerste Zentrum seines Herzens gespalten durch den stumpfen Pfeil des blinden Bogenschützen: und ist er ein Mann, es mit Tybalt aufzunehmen?

BENVOLIO

Aber was ist Tybalt?

MERCUTIO

Mehr als der Fürst der Katzen, kann ich Euch sagen. Oh, er ist ein Hauptkerl in der ritterlichen Lebensart. Er führt die Klinge, wie Ihr eine Liedbegleitung singt, und hält auf Takt, Pausen und Regeln; hält seine halben Noten aus, eins – zwei – und die dritte Euch in die Brust; der wahre Schlächter eines seidenen Knopfs, ein Duellant, ein Duellant; ein Kavalier von bester Schule, der sich auskennt im Kodex der Duellgründe. Ah, dieser göttliche Ausfall! Dieser Flachhieb! Dieses „Ein Treffer"!

BENVOLIO

Dieses – was?

MERCUTIO

Die Pest über solche possenhaften, lispelnden, affektierten Modenarren, diese Neutöner mit Worten! „Herrjeses, eine großartige Klinge! Ein großartiger Mann! Eine großartige Hure!" Ist es nicht ein Jammer, Großvater, daß wir so von diesem fremdländischen Fliegengeschmeiß, diesen Zieraffen, diesen Pardonnez-mois heimgesucht werden müssen, die so auf der neuen Mode bestehen, daß sie auf der alten Bank nicht bequem sitzen können? Oh, über ihre bons, ihre bons!

Romeo tritt auf

BENVOLIO

Da kommt Romeo! Da kommt Romeo!

MERCUTIO

Wie ein gedörrter Hering, ohne seinen Rogen. O Fleisch, Fleisch, wie bist du zu Fisch geworden! Jetzt ist er für Verse, von denen Petrarca überfloß: Laura war im Vergleich mit seiner Herzensdame eine Küchenmagd; zum Henker, sie hatte einen Liebhaber, der sie besser bereimen konnte! Dido war bloß eine Schlumpe, Kleopatra eine Zigeunerin, Helena und Hero waren Menscher und Dirnen, Thisbe ein Grauauge oder so, aber ganz unbedeutend. Signor Romeo: bon jour! Da habt Ihr eine französische Begrüßung für Eure französische Pumphose; Ihr bezahltet uns letzte Nacht schön mit Falschgeld.

ROMEO

Guten Morgen Euch beiden. Was für Falschgeld gab ich Euch?

MERCUTIO

Fersengeld, Herr, Fersengeld; könnt Ihr's Euch nicht denken?

ROMEO

Verzeiht, lieber Mercutio; ich hatte etwas Wichtiges vor, und in solch einem Fall wie dem meinigen kann man die Höflichkeit schon übertreiben.

MERCUTIO

Das heißt so viel, daß solch ein Fall wie der Eurige einen Mann dazu treiben kann, in die Knie zu gehen.

ROMEO

Nämlich – aus Höflichkeit.

MERCUTIO

Du hast es sehr artig getroffen.

ROMEO

Eine sehr höfliche Auslegung.

MERCUTIO

Ja, ich bin die wahre Blüte der Höflichkeit.

ROMEO

Sagt Blume statt Blüte.

MERCUTIO

Recht.

ROMEO

Nun, dann ist mein Tanzschuh gut geblümt.

MERCUTIO

Ein gelungener Witz: treibe mir diesen Spaß nun weiter, bis du deine Schuhe abgetragen hast, damit, wenn ihre einfache Sohle abgelaufen ist, der Spaß übrigbleibt, einzig einzigartig.

ROMEO

O einfach gesohlter Spaß! Einfach einzigartig in seiner Einfalt.

MERCUTIO

Mische dich ein, Benvolio; mein Witz versagt.

ROMEO

Gib ihm Peitsche und Sporn; Peitsche und Sporn; oder ich rufe „Gewonnen!"

MERCUTIO

Ja, wenn deine Sinne die Wildgänsejagd reiten, bin ich verloren; denn du hast wirklich mehr von der Wildgans in einem von deinen fünf Sinnen als ich in allen meinen fünf. Habe ich es dir nun gegeben mit der Gans?

ROMEO

Du galtest mir nie etwas, wenn nicht wegen der Gans.

MERCUTIO

Ich will dich ins Ohr beißen für diesen guten Witz.

ROMEO

Ach, gute Gans, beiß nicht.

MERCUTIO

Dein Witz ist ein recht bitterer Johannisapfel; er ist eine ganz scharfe Würze.

ROMEO

Und ist er einer köstlichen Gans nicht gut serviert?

MERCUTIO

Oh, es ist ein Witz, so geschmeidig wie Ziegenleder; er dehnt sich von einem Zoll schmal bis zu einer Elle breit.

ROMEO

Ich dehne ihn aus, auf dieses Wort „breit", das dich, zu der Gans hinzugefügt, weit und breit als eine ausgedehnte Gans nachweist.

MERCUTIO

Na, ist das jetzt nicht besser als dieses Liebesgewimmer? Jetzt bist du gemütlich, jetzt bist du Romeo; jetzt bist du, was du bist, durch Kunst wie von Natur: solches Liebesweh-weh ist wie ein großer Irrer, der mit hängender Zunge auf und ab rennt, um seinen Narrenkolben in einem Loche zu verbergen.

BENVOLIO

Halt an, halt an.

MERCUTIO

Du möchtest mich gegen den Strich in meinen Worten anhalten.

BENVOLIO

Es ginge mir gegen den Strich, wenn du deinen Worten noch weiter freien Lauf ließest.

MERCUTIO

Oh, da irrst du dich; ich hätte es kurz gemacht: denn ich war auf die ganze Tiefe meiner Geschichte gekommen und dachte nicht, mich noch länger mit dem Stoff abzugeben.

Die Amme und, hinter ihr, Peter treten auf

ROMEO

Hier gibt es guten Stoff. Ein Segel! Ein Segel!

MERCUTIO

Zwei, zwei; ein Männerhemd und ein Weiberhemd.

AMME

Peter!

PETER

Bitte?

AMME

Meinen Fächer, Peter.

MERCUTIO

Guter Peter, ihr Gesicht zu verbergen; denn ihr Fächer ist noch das schönere Gesicht von den beiden.

AMME

Guten Morgen, edle Herren.

MERCUTIO

Guten Abend, schöne Edeldame.

AMME

Wird es schon Abend?

MERCUTIO

Es ist kaum weniger, sag ich Euch, denn die verbuhlte Hand der Sonnenuhr liegt gerade auf dem Stift des Mittags.

AMME

Pfui über Euch! Was für ein Mensch seid Ihr?

ROMEO

Einer, meine Dame, den Gott geschaffen hat, sich selbst zu Grunde zu richten.

AMME

Meiner Treu, gut gesagt; „sich selbst zu Grunde zu richten" sagt er? – Meine Herren, kann mir jemand von Euch sagen, wo ich den jungen Romeo finden kann?

ROMEO

Ich kann's Euch sagen; aber wenn Ihr ihn gefunden habt, wird der junge Romeo älter sein, als da Ihr ihn suchtet: ich bin der jüngste dieses Namens, aus Mangel an einem schlechteren.

AMME

Gut gesagt.

MERCUTIO

Ja, ist der Schlechteste gut? Sehr gut erfaßt, meiner Treu; klug, sehr klug.

AMME

Wenn Ihr es seid, mein Herr: ich hätte gern eine Unterredung mit Euch.

BENVOLIO

Sie will ihn wohl zum Abendessen einladen.

MERCUTIO

Eine Kupplerin, eine Kupplerin! Halli, hallo!

ROMEO

Was hast du gewittert?

MERCUTIO

Keinen Hasen, Herr, höchstens einen Hasen in einer Fastenpastete, die schon schal und schimmelig ist, ehe sie verspeist wird.

Er singt

Ein alter schimmliger Has'
Ist guter Fastenfraß,
Doch wenn der Has' schon ranzig,
Das ist zuviel für zwanzig.

Romeo, kommt Ihr mit zu Euerm Vater? Wir wollen zum Mittagessen hin.

ROMEO

Ich komme Euch nach.

MERCUTIO

Lebt wohl, altehrwürdige Dame; *– er singt –* lebt wohl, o Dame, Dame, Dame!

Mercutio und Benvolio gehen ab

AMME

In Gottes Namen, fahr wohl! – Ich bitte Euch, mein Herr, was für ein Wicht war das, der so voller Galgenschwänke war?

ROMEO

Ein Herr, Frau Amme, der sich gern reden hört und in einer Minute mehr schwatzt, als er in einem ganzen Monat verantworten kann.

AMME

Wenn er nur das Geringste gegen mich sagt, will ich ihn ganz kleinkriegen, wär er auch noch so 'n Raufbold, und auch noch zwanzig solche Flegel; und wenn ich's nicht kann, will ich schon jemand finden, der's kann. So 'n Lausekerl! Ich bin keine von seinen leichten Mädchen, keine von seiner liederlichen Sippschaft. – Und du mußt auch dabeistehn und zusehen, daß sich jeder Schuft, wie's ihm paßt, über mich hermacht.

PETER

Ich sah keinen Menschen sich über Euch hermachen, sonst wär meine Klinge wie der Blitz heraus gewesen, das kann ich Euch sagen: ich ziehe so schnell wie jeder andre, wenn ich eine ehrliche Rauferei wittre und im Recht bin.

AMME

Nun, bei Gott, ich habe mich so aufgeregt, daß jeder Nerv an mir zuckt. Lausekerl! – Ich bitte Euch auf ein Wort, mein

Herr: Wie ich Euch schon sagte, bat mich meine junge Herrin, Euch zu erfragen. Was sie mich bat zu sagen, will ich für mich behalten; denn zunächst laßt mich Euch eins sagen: Wenn Ihr sie sozusagen nur in ein Narrenparadies führen wollt, so wäre das sozusagen eine abscheuliche Art von Betragen. Denn das Fräulein ist jung, und wenn Ihr Euch zweideutig gegen sie verhalten wollt, so wär es wahrhaftig ein übles Ding, das einer einem Fräulein antun kann, und ganz gemein gehandelt.

ROMEO

Amme, empfiehl mich deiner Dame und Herrin. Ich beteure dir . . .

AMME

Gutes Herz! Und, auf Ehre, ich werde ihr das wiedersagen: Herrgott, sie wird vor Freude ganz außer sich sein!

ROMEO

Was willst du ihr denn wiedersagen, Amme? Du hörst mir gar nicht zu!

AMME

Ich will ihr sagen, Herr, daß Ihr beteuert, und das ist, wie ich es verstehe, ein wohlgesitteter Antrag.

ROMEO

Sagt ihr, sie möchte sich etwas ausdenken, um heute nachmittag zur Beichte gehen zu können;

Sie möge zu den Franziskanern gehn,
Und dort wird sie in Pater Lorenz' Zelle
Absolution empfangen und getraut.
Nimm das für deine Müh'.

AMME

Nein, Herr, nicht einen Heller.

ROMEO

Nur zu; ich sag, Ihr sollt.

AMME

Heut nachmittag, Herr? Gut, sie stellt sich ein.

ROMEO

Du wartest, Amme, an der Klostermauer;
Mein Diener ist um diese Zeit bei dir

Und bringt dir eine seilgeflochtne Leiter,
Die mich zum höchsten Mastkorb meines Glücks
Befördern soll in der verschwiegnen Nacht.
Leb wohl! Sei treu: ich lohne dir die Müh':
Leb wohl; empfiehl mich deinem Fräulein.

AMME

Nun,
Der Himmel sei mit dir. – Doch hört Ihr, Herr?

ROMEO

Was gibt's noch, liebe Amme?

AMME

Ist Eu'r Diener
Verschwiegen? Hörtet Ihr noch nie das Wort:
Zwei können schweigen, bleibt der eine fort?

ROMEO

Schon gut! Mein Diener hält so dicht wie Stahl.

AMME

Gut, Herr; meine Herrin ist das süßeste Fräulein – Gott, Gott, als sie so 'n kleines Plappermäulchen war . . . Oh, da ist ein Edelmann in der Stadt namens Paris, der würde sie gern kapern; aber sie, die liebe Seele, sie sieht ebenso gern eine Kröte, eine richtige Kröte, wie ihn. Ich necke sie manchmal und sage ihr, daß Paris der hübscheste Mann sei; aber Ihr könnt mir's glauben: wenn ich so spreche, sieht sie gleich so blaß aus wie das weißeste Leinentuch der ganzen Welt. Fangen Rosmarin und Romeo nicht mit demselben Buchstaben an?

ROMEO

Gewiß, Amme; was soll denn das? Beide mit einem Ärrrrr...

AMME

Oh, Ihr Spötter! Das ist ein Hundename! Ärr ist für den – nein, ich weiß, es fängt mit einem andern Buchstaben an – und sie hat den hübschesten Sinnspruch davon, von Euch und Rosmarin, daß es Euch wohltäte, es zu hören.

ROMEO

Empfiehl mich deinem Fräulein.

AMME

Ja, tausendmal.

Romeo geht ab

Peter!

PETER

Bitte?

AMME

Peter, nimm meinen Fächer und geh vorauf, und schnell!

Sie gehen ab

FÜNFTE SZENE

Capulets Garten

Julia tritt auf

JULIA

Die Uhr schlug neun, als ich die Amme schickte:
Ausbleiben wollt sie eine halbe Stunde!
Ob sie ihn wohl nicht traf? Das kann nicht sein.
Ach, sie ist lahm! Der Liebe Boten sollten
Gedanken sein, die zehnmal schneller gleiten
Als Sonnenstrahlen, wenn sie Schatten scheuchen
Von dunklen Hügeln: darum ziehen Tauben
So leichtbeschwingt die Venus; der windschnelle
Cupido hat aus diesem Grunde Flügel.
Die Sonne ist jetzt auf der höchsten Höhe
Des Tageslaufs; von neun bis zwölf sind's schon
Drei lange Stunden – dennoch kam sie nicht.
Hätt sie Gefühl und warmes Jugendblut,
Sie wär so schnell an Schwungkraft wie ein Ball,
Daß sie von Worten zwischen dem Geliebten
Und mir so hin- und hergeschleudert würde:
Doch Alter tut, als ob es tot schon sei,
Schwerfällig, träge, stumpf und plump wie Blei.

Die Amme und Peter treten auf

O Gott, sie kommt! O süße Amme! Was
Gibt's Neues? Trafst du ihn? Schick Peter fort.

AMME

Geh, Peter, wart am Tor.

Peter geht ab

JULIA

Nun, liebe, süße Amme – wie, so traurig?
Auch wenn du Ernstes melden mußt, sag's fröhlich:
Wenn Gutes, trübst du die Musik der Botschaft,
Wenn du mit saurer Miene mir sie spielst.

AMME

Ich bin so müde, gönnt mir nur ein Weilchen.
Welch eine Jagd! Wie jedes Glied mich schmerzt!

JULIA

Hättst meine Glieder du, ich deine Nachricht!
Ach, sprich doch, gute, gute Amme, sprich doch!

AMME

O Gott, die Hast! Könnt Ihr kein Weilchen warten?
Ihr seht doch, daß ich außer Atem bin.

JULIA

Wie, außer Atem, wenn du Atem hast
Zu sagen, daß du außer Atem bist?
Dein Zögern zu bemänteln dauert länger
Als der Bericht, den du zu geben zögerst.
Gib Antwort: bringst du Gutes oder Schlimmes?
Dies eine sag, das andre wart ich ab,
Nur Klarheit gib mir, ob es gut, ob schlimm.

AMME

Nun, Ihr habt eine einfältige Wahl getroffen; Ihr wißt nicht, wie man einen Mann wählt. Romeo? Nein, er nicht. Obgleich sein Gesicht hübscher ist als das irgendeines Mannes, so übertreffen seine Beine die aller Männer; und was Hand, Fuß, den ganzen Körper betrifft – wenn man auch nicht darüber sprechen kann, so sind sie doch über jeden Vergleich erhaben. Er ist nicht die Blume der Höflichkeit, aber ich stehe dafür ein, daß er so sanft wie ein Lamm ist. Geh deinen Weg, Kind; danke Gott. Wie, habt Ihr im Hause schon zu Mittag gespeist?

JULIA

Nein, nein. Das alles wußt ich schon zuvor.
Was sagte er von Trauung? Was von Trauung?

AMME

Gott, welcher Kopfschmerz! Welchen Kopf ich hab!
Er dröhnt, als spräng er gleich in zwanzig Stücke.
Und andrerseits mein Kreuz – mein Kreuz – mein Kreuz...
Potz Wetter, mich so kreuz und quer zu schicken!
Man holt sich bei dem Auf und Ab den Tod.

JULIA

Im Ernst: daß du nicht wohl bist, tut mir leid.
Was sagt mein Liebster, süße, süße Amme?

AMME

Eu'r Liebster sagt als ehrenhafter Herr,
Als höflicher und gütiger und schöner
Und – dafür steh ich ein – als tugendhafter...
Wo ist denn Eure Mutter?

JULIA

Wo meine Mutter ist? Nun, drinnen ist sie;
Wo sollt sie sein? Seltsam antwortest du!
„Eu'r Liebster sagt als ehrenwerter Herr,
Wo ist denn Eure Mutter?"

AMME

Heil'ge Jungfrau!
Brennt es Euch so? Ei, daß dich! Meiner Treu!
Ist das ein Pflaster für mein Gliederweh?
Geht künftig Eure Botengänge selbst.

JULIA

Welch ein Getue! – Was sagt Romeo?

AMME

Habt Ihr Erlaubnis, heut zu beichten?

JULIA

Ja.

AMME

Dann auf, eilt gleich zu Pater Lorenz' Zelle,
Dort harrt ein Gatte, Euch zur Frau zu machen.
Nun steigt das leichte Blut Euch ins Gesicht,
Das rot sich färbt, sobald Ihr Neues hört.
Zur Trauung eilt; für eine Leiter muß
Ich sorgen: Euer Liebster muß auf ihr
Ein Vogelnest erklimmen, wenn es dunkelt.
Ich muß als Lasttier, Euch zur Lust, mich plagen,
Doch bald habt Ihr nun nachts die Last zu tragen.
Zur Zelle eilt; ich will zu Mittag essen.

JULIA

Ich eil zu hohem Glück! Leb wohl indessen.

Sie gehen ab

SECHSTE SZENE

Pater Lorenzos Zelle

Lorenzo und Romeo treten auf

LORENZO

Der Himmel lächle zu dem heil'gen Bund,
Damit uns später keine Sorge trifft.

ROMEO

Amen! Mag Sorge kommen, wie sie will,
Aufwiegen kann sie das Entzücken nicht,
Das eine einzige Minute mir
Mit Julia gewährt; mit Segenssprüchen
Leg unsre Hände ineinander, tue
Der Liebemörder Tod nur, was er will:
Es ist genug, kann ich sie mein nur nennen.

LORENZO

So wilde Freude muß so wild auch enden
Und stirbt in der Erfüllung, so wie Feuer
Und Pulver im Berühren sich verzehren.
Zu süßer Honig wird uns widerlich,

Und im Genuß vergeht uns das Verlangen;
Drum lieb mit Maß, wie lange Lieb' es macht:
Zu schnell kommt auch so spät an wie zu sacht.

Julia tritt auf und umarmt Romeo

Hier kommt das Fräulein. Ach, solch leichter Fuß
Wird nie den ew'gen Kiesel überdauern.
Es kann ein Liebender die Sommerfäden
Beschreiten, die in warmen Lüften schweben,
Und fällt doch nicht: so leicht sind eitle Freuden.

JULIA

Mein Beichtiger, ich wünsch Euch guten Abend.

LORENZO

Dir danke Romeo für uns beide, Tochter.

JULIA

Ich grüß auch ihn, sonst wär sein Dank zuviel.

ROMEO

Ach, Julia, ist deiner Freuden Maß
Gehäuft wie meins und hast du mehr Geschick,
Es kundzutun, versüß mit deinem Odem
Die Luft ringsum; laß deiner Stimme Wohllaut
Die unaussprechliche Glückseligkeit
Enthüllen, die wir einer durch den andern
In diesem teuren Wiedersehn genießen.

JULIA

Gefühl, das mehr Gehalt als Worte hat,
Ist auf sein Wesen stolz, nicht seinen Schmuck:
Der Bettler kann wohl seine Habe schätzen,
Doch meine Liebe wuchs zu solcher Fülle,
Daß ich ihr Maß nicht halb ermessen kann.

LORENZO

Kommt mit mir, daß wir gleich zu Werke gehn,
Denn, mit Verlaub: allein könnt ihr nicht bleiben,
Bis Gott euch wird einander einverleiben.

Sie geben ab

DRITTER AKT

ERSTE SZENE

Ein öffentlicher Platz

Mercutio, Benvolio, ein Page und Bediente treten auf

BENVOLIO

Ich bitte dich, Mercutio, laß uns gehn:
Der Tag ist heiß, die Capulets unterwegs;
Wenn man sich trifft, entgehn wir Händeln nicht:
An heißen Tagen tobt das wilde Blut.

MERCUTIO

Du kommst mir vor wie einer von jenen Burschen, die beim Betreten einer Schenke den Degen auf den Tisch werfen und ausrufen: „Gott gebe, daß ich dich nicht brauche!" Aber dann, wenn ihnen der zweite Becher in den Kopf steigt, zapfen sie den Zapfer an, wo es ganz unnötig ist.

BENVOLIO

Bin ich so ein Bursche?

MERCUTIO

Laß nur, du bist genauso ein Hitzkopf wie irgendeiner in Italien und ebenso rasch zum Zorn gereizt, wie du zornig bist, um gereizt zu sein.

BENVOLIO

Und was noch?

MERCUTIO

Ja, wenn es zwei solche gäbe, hätten wir bald keinen mehr, denn sie brächten sich gegenseitig um. Du, ja, du fängst Händel mit einem an, der ein Haar mehr oder weniger im Barte hat als du: du bändelst mit einem an, der Nüsse knackt, einfach deshalb, weil du nußbraune Augen hast; welches andere Auge als so eins würde solch einen Streit ausspähen? Dein Kopf steckt so voller Hader, wie ein Ei voll Dotter ist, und doch ist dir der Kopf wegen Zänkerei schon dotterweich geschlagen worden. Du hast mit jemand Streit angefangen, weil er auf der Straße hustete und dadurch deinen Hund aufweckte, der in der Sonne lag und schlief; fingst du nicht mit einem Schneider Händel an, weil er sein neues Wams vor Ostern trug, und mit einem andern Mann, weil er seine neuen Schuhe mit altem Band zugebunden hatte? Und doch willst du mich vor Händeln warnen!

BENVOLIO

Wenn ich so händelsüchtig wäre wie du, könnte man eine Leibrente auf mein Leben zu fünf Viertelstunden kaufen.

MERCUTIO

Leibrente? Beileibe!

Tybalt tritt mit andern auf

BENVOLIO

Bei meiner Seele, hier kommen die Capulets.

MERCUTIO

Bei meiner Sohle, das kümmert mich nicht.

TYBALT

Bleibt dicht bei mir, ich will mit ihnen reden. – Guten Tag, ihr Herren; ein Wort mit einem von Euch.

MERCUTIO

Und nur ein Wort mit einem von uns? Gebt noch eins zu: laßt es ein Wort und einen Hieb sein.

TYBALT

Dazu werdet Ihr mich durchaus bereit finden, Herr, wenn Ihr mir Anlaß dazu gebt.

MERCUTIO

Könntet Ihr nicht einen Anlaß nehmen, ohne daß er Euch gegeben würde?

TYBALT

Mercutio, du harmonierst mit Romeo . . .

MERCUTIO

Harmonierst? Wie, willst du uns zu Musikanten machen? Wenn du uns zu Musikanten machst, mache dich darauf gefaßt, nichts als Mißtöne zu hören. Hier ist mein Fiedelbogen; er soll Euch zum Tanz aufspielen. Potz Wetter, harmonieren!

BENVOLIO

Wir reden hier auf öffentlichem Markt:
Geht, sucht Euch einen abgelegnen Ort,
Sonst handelt Eure Klagen ruhig aus,
Oder Ihr trennt Euch; alles sieht uns hier.

MERCUTIO

Zum Sehn hat's Volk die Augen, laß sie gaffen;
Ich weiche keinem zu Gefallen, ich.

Romeo tritt auf

TYBALT

Gut, Friede dann mit Euch: hier kommt mein Mann.

MERCUTIO

Wenn er Eu'r Dienstkleid trägt, laß ich mich hängen:
Reizt ihn zum Kampf, dann ist er Eu'r Gefolgsmann:
Eu'r Gnaden mag in dem Sinn Mann ihn nennen.

TYBALT

Der Haß, den ich dir schenke, Romeo,
Gönnt dir kein beßres Wort: du bist ein Schurke.

ROMEO

Tybalt, der Grund, den ich hab, dich zu lieben,
Entschuldigt eines solchen Grußes Wut.
Ein Schurke bin ich nicht, und so leb wohl;
Ich seh, du kennst mich nicht.

TYBALT

Nein, Knabe, das
Soll die Beleidigungen nicht entschuld'gen,
Die du mir zugefügt hast: steh und zieh.

ROMEO

Ich schwöre dir, ich hab dich nie beleidigt.
Ich lieb dich mehr, als du dir denken kannst,

Bis meiner Liebe Grund du kennen wirst:
So, lieber Capulet – ein Name, den
Ich schätze wie den eignen –, sei beruhigt.

MERCUTIO

Ehrlose, zahme, sklavenhafte Sanftmut!
Tybalt, Ihr Rattenfänger, wollt Ihr ran?
Das tilgt allein ein Stoß mit dem Rapier.

Er zieht

TYBALT

Was möchtest du von mir?

MERCUTIO

Freund Katzenkönig, nichts weiter als eins von Euern neun Leben: mit diesem will ich's aufnehmen, da Ihr mich auch später noch brauchen werdet, um die andern acht gründlich durchzubleuen. Wollt Ihr nun Euern Degen bei den Ohren aus der Scheide ziehn? Nur hurtig, damit Ihr nicht den meinigen um die Ohren habt, eh' Eurer heraus ist.

TYBALT

zieht

Ich steh zu Dienst.

ROMEO

Lieber Mercutio, steck den Degen ein.

MERCUTIO

Kommt, kommt, Herr, Euern Ausfall.

Sie fechten

ROMEO

wirft sich dazwischen

Benvolio, zieh, schlag ihre Waffen nieder!
Ihr Herren, pfui, verzichtet auf Gewalt!
Mercutio, Tybalt: unser Fürst verbot
Ausdrücklich solchen Aufruhr in den Straßen:
Halt, Tybalt, Freund Mercutio, halt!

Tybalt bringt Mercutio unter Romeos Arm einen Stich bei und entflieht mit seinen Anhängern

MERCUTIO

Ich bin verletzt; die Pest auf Eure Häuser!
Mit mir ist's aus: er ist davon und hat nichts?

BENVOLIO

Du bist verwundet?

MERCUTIO

Ja, eine Schramme; freilich ist's genug.
Wo ist mein Page? Bursch, hol einen Wundarzt.

Der Page geht ab

ROMEO

Mut, Mut, Mann, deine Wunde kann nicht tief sein.

MERCUTIO

Gewiß, weder so tief wie ein Brunnen noch so breit wie ein Scheunentor; aber es ist genug, es wird reichen. Fragt morgen nach mir, und Ihr werdet einen todernsten Mann an mir finden. Ich habe den Rest weg für diese Welt; darauf mein Wort. Die Pest auf Eure beiden Häuser! Zum Teufel, ein Hund, eine Ratte, eine Maus, eine Katze kratzt einen Mann zu Tode; ein Prahler, ein Schurke, ein Schuft, der nach der Fibel ficht! Warum, zum Henker, kamt Ihr zwischen uns? Unter Euerm Arm wurde ich verwundet.

ROMEO

Ich gedachte es gut zu machen.

MERCUTIO

Geleit mich in ein Haus, Benvolio,
Sonst fall ich um. Die Pest auf Eure Häuser!
Sie haben Würmerfraß aus mir gemacht:
Ich hab es weg, und gründlich ... Eure Häuser ...

Benvolio führt Mercutio weg

ROMEO

Der Edelmann, dem Fürsten nah verwandt,
Mein wahrer Freund, empfing um meinetwillen
Den Todesstreich; befleckt ist meine Ehre
Von Tybalts Schmähung, Tybalts, der mein Vetter
Für eine Stunde war: o süße Julia,

Verweichlicht hat mich deine Schönheit und
Den Stahl der Tapferkeit in mir gestumpft.

Benvolio tritt wieder auf

BENVOLIO

Der tapfere Mercutio ist tot.
Der frohgemute Geist erklomm die Wolken,
Der zu unzeitig diese Welt verschmähte.

ROMEO

Der schwarze Tag birgt Leid in seinem Schoß,
Das erst beginnt: dies ist der Anfang bloß.

Tybalt tritt wieder auf, ohne Begleitung

BENVOLIO

Da kommt der wilde Tybalt wieder her.

ROMEO

Er lebt und triumphiert – tot ist Mercutio.
Fahr hin zum Himmel, rücksichtsvolle Milde:
Entflammte Wut soll jetzt mich nur noch leiten.
Nun, Tybalt, nimm zurück den Namen Schurke,
Den du mir gabst; ist doch Mercutios Seele
Ein Stückchen Wegs erst über unsern Köpfen
Und harrt, daß deine sich zu ihr gesellt:
Du oder ich, sonst beide, müssen mit.

TYBALT

zieht

Armsel'ger Bursch, der mit ihm harmoniert,
Du sollst ihm folgen.

ROMEO

zieht

Dies entscheide das.

Sie fechten. Tybalt fällt

BENVOLIO

Fort, Romeo, entflieh!
Die Bürger sind heraus und Tybalt tot!
Steh nicht so ratlos da: der Fürst spricht dir

Dein Todesurteil, wenn man dich ergreift;
Hinweg!

ROMEO

Ich Narr des Glücks!

BENVOLIO

Du stehst noch da?

Romeo geht ab

Bürger und andere treten auf

ERSTER BÜRGER

Wohin lief jener, der Mercutio traf?
Sagt, welchen Weg der Mörder Tybalt lief!

BENVOLIO

Dort liegt der Tybalt.

ERSTER BÜRGER

zu Tybalt, den er noch für lebend hält

Auf, Mann! Komm, ich klage
Dich in des Fürsten Namen an. Gehorche!

Der Fürst tritt mit Begleitung auf, ferner Montague, Capulet, ihre Frauen und andere

FÜRST

Wo sind die Frevler, die den Streit begannen?

BENVOLIO

O edler Fürst, ich kann genau Euch sagen,
Wie der unsel'ge Streit sich zugetragen.
Der Tybalt hier erstach Mercutio,
Die Bluttat rächte an ihm Romeo.

FRAU VON CAPULET

Tybalt, mein Neffe! Meines Bruders Kind!
O Fürst! Gemahl! Vergossen ist das Blut
Des teuren Neffen! Fürst, so wahr du gut,
Mit Montagueblut räche unser Blut!
O Neffe! Neffe!

FÜRST

Benvolio, wer begann den blut'gen Streit?

BENVOLIO

Tybalt, der tot nun liegt; er trieb's so weit.
Romeo gab mit guten Worten ihm
Die Nichtigkeit des Streites zu bedenken,
Und auch bei Euerm Zorn beschwor er ihn:
Doch alles, vorgebracht mit sanftem Ton,
Mit ruh'gem Blick, gebeugtem Knie, konnt nicht
Den Grimm von Tybalt, der dem Frieden taub,
Beschwichtigen – nein, mit dem blanken Stahl
Bedroht er schon Mercutios kühne Brust,
Der, ebenso entbrannt, die Waffe tödlich
Kehrt gegen Waffe und verachtungsvoll
Mit einer Hand abschlägt den kalten Tod
Und mit der andern ihn zurück zu Tybalt schickt:
Der weist gewandt ihn von sich; Romeo schreit:
„Halt, Freunde, Freunde, trennt Euch!", und, noch schneller
Als seine Zunge, schlägt sein flinker Arm
Die unheilvollen Waffen nieder und
Wirft sich dazwischen; unter Romeos Arm
Erreicht ein haßerfüllter Stoß von Tybalt
Mercutios Leben, worauf Tybalt flieht:
Doch gleich kehrt er zu Romeo zurück,
Der noch ganz frisch erfüllt von Rache ist,
Und aneinander sind sie wie der Blitz.
Denn eh' ich ziehen konnte, sie zu trennen,
War der verwegne Tybalt schon durchbohrt,
Und als er fiel, wandt Romeo sich und floh;
Ist dies nicht wahr, sterbe Benvolio.

FRAU VON CAPULET

Er ist ein Vetter Montagues und spricht,
Befangen durch Verwandtschaft, Wahrheit nicht.
Wohl zwanzig durften sich des Streits erfrechen
Und konnten doch ein Leben nur zerbrechen.
Ich fordre Recht! Du mußt, mein Fürst, es geben:
Romeo schlug Tybalt tot, er darf nicht leben.

FÜRST

Tybalt hat erst Mercutio erschlagen:
Wer soll die Schuld so teuren Blutes tragen?

MONTAGUE

Nicht Romeo, Fürst, der Freund Mercutios;
Was doch dem Recht verfiel, nahm sein Fehl bloß:
Das Leben Tybalts.

FÜRST

Und für diese Tat
Verbannen Wir sogleich ihn aus dem Staat.
Mich selber trifft der Ausbruch Eurer Wut,
In Eurem Streit floß meines Hauses Blut.
So harte Strafe seh ich für Euch vor,
Daß Ihr beklagen sollt, was ich verlor.
Taub will ich sein für Bitten um Verzeihn,
Nicht Flehn noch Tränen sollen Sühne sein.
Laßt ab davon; mag Romeo schnell entfliehn:
Sein letztes Stündlein wär's, ergreift man ihn.
Schafft fort; erwartet, was uns noch beliebt:
Die Gnade mordet selbst, die Mord vergibt.

Alle gehen ab

ZWEITE SZENE

Capulets Garten

Julia tritt auf

JULIA

Enteile, feuerfüßiges Gespann,
Nach Phöbus' Wohnung: solch ein Rosselenker
Wie Phaethon würd euch gen Westen peitschen
Und führte gleich die dunkle Nacht herauf.
Schließ deinen Vorhang, liebesfreud'ge Nacht,
Daß Späheraugen Schlaf befällt und Romeo
Zu mir stürzt, unbelauscht und ungesehn.
Ein Paar, das seine Liebe feiern will,
Kann sehn dank seiner eignen Schönheit; oder
Ist Amor blind, dann paßt er gut zur Nacht.
Komm, hehre Nacht, du stattlich ganz in Schwarz
Gekleidete Matrone: lehre mich
Ein Wettspiel zu verlieren, das gespielt wird

Um ein Paar fleckenlose Jugendblüten.
Verhüll das jungfräuliche Blut, das mir
Ins Antlitz steigt, mit deinem schwarzen Mantel,
Bis scheue Liebe, kühn geworden, weiß:
Die echte Liebe handelte nur sittsam.
Komm, Nacht, komm, Romeo, du Tag in Nacht:
Denn du wirst weißer liegen auf den Schwingen
Der Nacht als Neuschnee auf des Raben Rücken.
Komm, milde, liebevolle Nacht, komm, gib
Mir meinen Romeo; und stirbt er einst,
Nimm ihn und teil ihn auf in kleine Sterne:
Er wird des Himmels Antlitz so verschönen,
Daß alle Welt sich in die Nacht verliebt
Und nicht der prächt'gen Sonne länger huldigt.
Ich habe mir ein Liebesheim gekauft,
Doch noch besaß ich's nicht; verkauft bin ich,
Noch nicht gekostet; lang dehnt sich der Tag,
Wie für ein ungeduld'ges Kind die Nacht
Vor einem Fest, wenn's neue Kleider hat
Und sie nicht tragen darf. Hier kommt die Amme,

die Amme tritt mit einer Strickleiter auf

Und sie bringt Neuigkeiten; jeder Mund,
Der nur den Namen Romeo mir nennt,
Ist voll von himmlischer Beredsamkeit.
Nun, was gibt's Neues, Amme? Was ist dies?
Die Leiter, die dich Romeo bat zu holen?

AMME

Ja, ja, die Leiter.

Sie wirft die Strickleiter ab und ringt die Hände

JULIA

Weh, was bringst du Neues?
So traurig? Weshalb ringst du so die Hände?

AMME

Ach! Er ist tot – ist tot – ist tot.
Wir sind verloren, Fräulein, sind verloren.
Der Tag, ach! Er ist hin – erschlagen – tot.

JULIA

Der Himmel kann so böse sein?

AMME

Ja, Romeo kann's,
Wennschon der Himmel nicht. O Romeo!
Wer hätt es je gedacht? Oh, Romeo . . .

JULIA

Was für ein Teufel bist du, der mich foltert?
Im Höllengrausen nur brüllt solche Qual.
Hat Romeo sich getötet? Sag nur ja,
Und diese bloße Silbe „ja" vernichtet
Mehr als des Basilisken tödlich Auge:
Ich bin nicht ich, wenn solch ein Ja es gibt
Als Antwort: „Seine Augen sind erloschen."
Ist er getötet? Sage ja; wo nicht, sag nein:
Ein kurzer Laut muß Wohl, muß Weh mir sein.

AMME

Mit eignen Augen sah ich seine Wunde –

sie legt eine Hand auf ihre Brust

Verhüte Gott – auf seiner Mannesbrust:
Erbarmenswert! Erbarmenswerter Leichnam,
Bleich, bleich wie Asche, überströmt von Blut,
Verdicktem Blut; es schwanden mir die Sinne.

JULIA

O brich, erschöpftes, armes Herz, brich gleich!
Zum Kerker, Augen: nie mehr seht die Freiheit!
Stück Erde, sei selbst Erde, end dein Leben
Und drück mit Romeo e i n e Totenbahre!

AMME

O Tybalt, bester Freund, den ich besaß!
Leutsel'ger Tybalt, ehrenwerter Herr!
Daß ich's erleben muß, dich tot zu sehn!

JULIA

Was für ein Sturm bläst aus ganz andrer Richtung?
Ist Romeo ermordet? Tybalt tot?

Mein liebster Vetter? Teuerster Gemahl?
Dann kling, Trompete, für den Jüngsten Tag;
Denn wer lebt sonst, sind diese beiden tot?

AMME

Tybalt ist tot, und Romeo verbannt:
Verbannt ist Romeo, der Tybalt totschlug.

JULIA

Gott! Romeos Hand hat Tybalts Blut vergossen?

AMME

Sie tat's, sie tat's: ach, welch ein Tag! Sie tat's.

JULIA

O Schlangenherz, verhüllt vom Blumenantlitz!
War eines Drachen Höhle je so reizend?
O schöner Wütrich! Engelgleicher Teufel!
Rabe in Taubenfedern! Lamm voll Wolfsgier!
Verworfne Art von göttergleichem Schein!
Das ganze Gegenteil, was ganz du scheinst:
Verdammter Heil'ger, ehrenhafter Schurke!
Natur, was tatest du denn in der Hölle,
Als du die Seele eines Teufels bargst
Im ird'schen Paradies so holden Fleisches?
War je ein Buch von so verruchtem Inhalt
So schön gebunden? Oh, daß Täuschung wohnt
In solchem Prunkpalast!

AMME

Die Männer kennen
Nicht Treue, Glauben, Ehrlichkeit; sie alle
Sind niederträchtige, meineid'ge Heuchler.
Ach, wo ist mein Bedienter? Gebt mir Branntwein:
Das Weh, der Gram, der Kummer macht mich alt.
Schande auf Romeo!

JULIA

Verpestet für den Fluch sei deine Zunge!
Zur Schande ist er nicht geboren: Schande
Schämt sich, auf seiner Stirn zu weilen, denn

Sie ist ein Thron, wo man die Ehre kann
Zur Allbeherrscherin der Erde krönen.
Oh, welch ein Tier war ich, daß ich ihn schalt!

AMME

Vom Mörder Eures Vetters sprecht Ihr Gutes?

JULIA

Ihn schmähen sollt ich, der mein Gatte ist?
Wer, armer Herr, soll deinen Namen streicheln,
Wenn dein Dreistundenweib – ich – ihn verletzte?
Doch warum, Schuft, erschlugst du meinen Vetter?
Der Vetter Schuft hätt meinen Mann getötet:
Zurück zu eurem Urquell, irre Tränen;
Dem Leid gebühren als Tribut die Tropfen,
Die ihr versehentlich der Freude spendet.
Mein Gatte lebt, den Tybalt hätt getötet:
Tot ist, der mir getötet hätt den Gatten:
Das ist nur tröstlich! Warum wein ich dann?
Da war ein Wort, schlimmer als Tybalts Tod,
Das mich ermordet hat: so gern vergäß ich's,
Doch ach! das Wort bedrängt so mein Gedächtnis
Wie Freveltaten das Gemüt des Sünders:
„Tybalt ist tot, und Romeo verbannt."
Oh, dies „verbannt", dies eine Wort „verbannt"
Erschlug zehntausend Tybalts. Tybalts Tod
War Weh genug, wenn's damit hätt geendet;
Wenn aber herbes Leid Gemeinschaft liebt
Und anderm Leid durchaus sich will gesellen,
Wie folgte, als sie sprach „Tybalt ist tot",
Nicht auch: dein Vater, deine Mutter, ja, sie beide,
Was, wie es üblich, Klage hätt erweckt?
Jedoch als Nachtrab zu dem Tode Tybalts
Das Wort aussprechen „Romeo ist verbannt"
Heißt, Vater, Mutter, Tybalt, Romeo, Julia
Sind alle tot. „Verbannt ist Romeo":
Nicht Maß noch Ziel noch Grenze ist zu finden
In solchem Tod, sein Schmerz nicht zu ergründen.
Wo ist mein Vater, Amme, wo die Mutter?

AMME

Weinend und jammernd über Tybalts Leiche;
Wollt Ihr zu ihnen gehn? Ich bring Euch hin.

JULIA

Laß sie um Tybalts Wunden Tränen weinen,
Dem Banne Romeos schuld ich die meinen.
Heb diese Leiter auf: ihr Taue seid
Getäuscht wie ich durch Romeos Bannspruchsleid.
Ihr wart von ihm als Aufstieg ausgedacht
Zu meinem Lager in der Hochzeitsnacht,
Doch nun muß ich als Jungfrau-Witwe enden:
Kommt, Leiter, Amme; will zum Bett mich wenden.
Nicht Romeo kann mich als Weib umfassen,
Dem Tod muß ich die Mädchenblüte lassen.

AMME

Zur Kammer eilt: ich finde Romeo
Zum Trost für Euch; wohl weiß ich, wo er ist.
Hört: heute nacht ist Euer Romeo hier;
Ich will zu ihm: beim Pater muß er sein.

JULIA

O find ihn! Gib ihm diesen Ring von mir:
Zum letzten Lebewohl laß ich ihn ein.

Sie gehen ab

DRITTE SZENE

Pater Lorenzos Zelle

Lorenzo tritt auf

LORENZO

Romeo, komm hervor, du Mann der Furcht!
Die Trübsal ist dir innig zugetan,
Und mit dem Mißgeschick bist du vermählt.

Romeo tritt auf

ROMEO

Pater, was gibt's? Was sagt des Fürsten Spruch?
Was für ein Leid, das mir bis jetzt noch fremd,
Verlangt recht bald mit mir bekannt zu werden?

LORENZO

Mit solcher finsteren Bekanntschaft ist
Mein lieber Sohn zu gut vertraut: ich bringe
Dir Nachricht von des Fürsten Spruch.

ROMEO

Was wen'ger
Als Todesurteil ist des Fürsten Spruch?

LORENZO

Ein mildres Urteil kam von seinen Lippen:
Nicht Leibestod, nur leibliche Verbannung.

ROMEO

Verbannung? Habe Mitleid, sage „Tod".
Verbannung trägt im Angesicht mehr Schrecken,
Viel mehr als Tod: o sag „Verbannung" nicht.

LORENZO

Verbannt bist du nur aus Veronas Mauern:
Faß nur Geduld, die Welt ist groß und weit.

ROMEO

Welt gibt's nicht außerhalb Veronas Mauern,
Nur Fegefeuer, Folter, ja, die Hölle.
Von hier verbannt ist aus der Welt verbannt,
Und aus der Welt verbannt ist Tod: Verbannung
Ist falsch benannter Tod. Nenn Tod Verbannung:
Du schlägst mit goldnem Beil den Kopf mir ab
Und lächelst zu dem Streiche, der mich fällt.

LORENZO

Todsünde, grober Undank! Deine Tat
Sühnt nur der Tod nach dem Gesetz; jedoch
Der gute Fürst, für dich Partei ergreifend,
Schob das Gesetz beiseite: in Verbannung
Hat er den finstern Namen Tod verwandelt;
Welch hohe Gnade – und du siehst sie nicht?

ROMEO

Nicht Gnade, Marter ist's: hier ist der Himmel,
Wo Julia lebt; jedwede Katze, Hund
Und Mäuschen, das erbärmlichste Geschöpf
Lebt hier im Himmel und darf sie betrachten,
Nur Romeo darf's nicht: Aasfliegen haben
Mehr Geltung, Ehrenrang und Liebesfreiheit,
Als Romeo sie hat: das weiße Wunder
Von Julias Händen dürfen sie berühren
Und ew'ges Heil von ihren Lippen stehlen,
Die in vestalisch-reiner Sittsamkeit
Erglühn, als ob sie ihre eignen Küsse
Für Sünde hielten; Romeo darf's nicht,
Doch Fliegen dürfen's: ich muß fort hier fliegen,
Sie sind ja Freie, ich nur bin verbannt.
Und du sagst, dies Verbanntsein ist kein Tod?
Hattst du kein Gift, kein scharfgeschliffnes Messer,
Kein noch so schlechtes, rasches Todesmittel
Als dies „verbannt", um mich zu töten? Pater,
Verdammte in der Hölle nur gebrauchen
Dies Wort, Geheul begleitet's; wie hast du
Das Herz, da du ein Geistlicher, Beichtvater,
Ein Sündenlöser, mein erklärter Freund bist,
Mich zu zermalmen mit dem Wort „verbannt"?

LORENZO

Verliebter Tor, hör mich auch einmal sprechen.

ROMEO

Du willst nur wieder von Verbannung sprechen.

LORENZO

Ich will dich rüsten gegen dieses Wort:
Der Trübsal süße Milch, Philosophie,
Soll Trost dir leihn, wenn du verbannt auch bist.

ROMEO

Nun doch „verbannt"? Zum Henker Philosophie!
Wenn Philosophie nicht eine Julia schaffen,
Nicht eine Stadt verpflanzen und ein Urteil

Nicht widerrufen kann, dann hilft sie nicht,
Dann taugt sie nichts: erzähle mir nichts mehr.

LORENZO

Dann seh ich, Tolle haben keine Ohren.

ROMEO

Nun ja, wenn Weise keine Augen haben.

LORENZO

Laß deine Lage mich mit dir besprechen.

ROMEO

Besprechen kannst du nicht, was du nicht fühlst.
Wärst du so jung wie ich, Julia dein Lieb,
Wärst eine Stund' vermählt, der Mörder Tybalts,
Verliebt wie ich und so wie ich verbannt:
Du möchtest sprechen, dir die Haare raufen
Und dich zu Boden werfen, wie jetzt ich,
Um Maß zu nehmen für dein künft'ges Grab.

Er wirft sich zu Boden

Klopfen hinter der Szene

LORENZO

Steh auf, es klopft; verbirg dich, Romeo.

ROMEO

Ich nicht, wenn nicht der Hauch herzweher Seufzer
Wie Nebel mich vor Späheraugen schützt.

Klopfen

LORENZO

Wie's klopft! Wer ist da? Romeo, steh auf,
Man wird dich fassen. – Wart ein Weilchen! – Auf,

Klopfen

Schnell ins Studiergemach. – Gleich, gleich! Um Gottes
Welch eine Torheit das! – Ich komm, ich komme. [willen,

Klopfen

Wer klopft so laut? Wo kommt Ihr her? Was wollt Ihr?

AMME

hinter der Szene

Laßt mich hinein, hört meinen Auftrag an:
Ich komm von Fräulein Julia.

LORENZO

Dann willkommen.

Die Amme tritt auf

AMME

O heil'ger Mönch, o sagt mir, heil'ger Mönch,
Wo ist des Fräuleins Gatte, Romeo?

LORENZO

Am Boden dort, von seinen Tränen trunken.

AMME

Ach, er ist ganz in meines Fräuleins Fall;
Genau ihr Fall! Leidvolles Mitgefühl!
Kläglich Dilemma! Ebenso liegt sie,
Weinend und schluchzend, schluchzend und weinend.
Steht auf, steht auf! Auf, wenn ein Mann Ihr seid:
Um Julias willen, ihr zulieb', steht auf;
Wie könnt Ihr fallen in solch tiefes Weh?

ROMEO

Amme!

AMME

O Herr! Nun, mit dem Tod ist alles aus.

ROMEO

steht auf

Sprachst du von Julia? Wie steht's mit ihr?
Hält sie mich nicht für einen alten Mörder,
Da ich die Kindheit unsres Glücks mit Blut
Befleckt hab, das dem ihren wenig fremd?
Wo ist sie, und wie geht's ihr, und was sagt
Mein heimlich Weib zur unheimlichen Liebe?

AMME

Ach, nichts sagt sie, mein Herr, weint nur und weint;
Bald fällt sie auf ihr Bett, bald fährt sie hoch,

Ruft „Tybalt“, und dann schreit sie „Romeo“ auf
Und fällt von neuem.

ROMEO

Als ob jener Name,
Aus des Geschützes Todeslauf geschossen,
Sie morde, so wie die verfluchte Hand
Zu jenem Namen ihren Vetter totschlug.
O sag mir, Mönch, in welch verworfnem Teil
Des Leichnams hier herbergt mein Name? Sag's,
Damit ich das verhaßte Haus zerstöre.

Er zieht den Dolch

LORENZO

Verwegne Hand, halt ein! Bist du ein Mann?
Dein Äußres ruft es aus, daß du es bist,
Doch weibisch ist dein Weinen; deine Wildheit
Gleicht eines Tieres unvernünft'gem Wüten.
O unwahrscheinlich Weib in einem Schein-Mann!
Unschönes Tier, indem du beides scheinst!
Ich staun dich an: bei meinem heil'gen Orden,
Mir schien, du seist aus anderm Holz geschnitzt.
Erschlugst du Tybalt? Willst du dich nun töten,
Die Frau mit, die in deinem Leben lebt,
Durch so verruchten Haß, den du dir antust?
Warum schmähst du auf Abkunft, Erd' und Himmel,
Wo Abkunft, Erde, Himmel – alle drei
In dir vereint – du doch vereint verlörst?
Pfui, du entehrst dein Aussehn, deine Liebe,
Deinen Verstand, was alles überreich
Du wie ein Wuchrer hast, doch keins gebrauchst du
Zu jenem guten Zwecke, der das Äußre,
Die Liebe, den Verstand dir schmücken sollte.
Dein edles Aussehn ist nur Wachsfigur,
So weicht es von des Mannes Tugend ab;
Dein hoher Liebesschwur ist hohler Meineid,
Wenn du sie umbringst, der du dich verschworst.
Dein Geist, die Zier des Äußern und der Liebe,
Doch diese zwei zu lenken, schlecht geeignet,
Entzündet sich durch deinen Unverstand
Wie Pulver eines unachtsamen Kriegers,

Und was dich schützen soll, reißt dich in Stücke.
Ermanne dich, steh auf! Denn Julia lebt,
Um deretwillen du fast tot hier lagst.
Das ist dein Glück! Dich wollte Tybalt töten,
Doch du trafst ihn: auch darin hast du Glück.
Das Recht, das Tod androhte, wird dein Freund
Und wandelt ihn in Bann um: Glück für dich.
Auf deine Schultern fällt des Segens Fülle,
Das Glück umwirbt dich in dem besten Schmuck;
Doch wie ein launisches, unart'ges Mädchen
Blickst du zu Glück und Liebe finster drein.
Gib acht, gib acht, denn solche sterben elend.
Geh zur Geliebten, wie es war bestimmt,
Steig ins Gemach zu ihr auf, tröste sie.
Doch bleibe nicht, bis erst die Wachen stehn,
Sonst kommst du nicht mehr durch nach Mantua.
Verweile dort, bis wir die Zeit ersehn,
Die Heirat kundzumachen, die Verwandten
Euch zu versöhnen, dir des Fürsten Gnade
Erbitten und zurück euch rufen können
Mit zwanzighunderttausendmal mehr Jauchzen,
Als du mit Jammer fortgingst. Amme, geh schon,
Empfiehl mich deiner Herrin, sage ihr,
Daß sie das ganze Haus zu Bette treibt,
Wozu das tiefe Leid geneigt sie macht:
Romeo kommt!

AMME

O Herr, ich hätt die ganze Nacht hier bleiben
Und guten Rat vernehmen mögen: ah,
Was ist Gelehrsamkeit! – Mein Herr, ich will
Der Herrin sagen, daß Ihr kommen werdet.

ROMEO

Das tu, und sag der Teuren, daß sie sich
Zum Schelten vorbereitet.

AMME

Hier, mein Herr,
Sie trug mir auf, Euch diesen Ring zu geben:
Beeilt Euch, Herr, es wird schon richtig spät.

Sie geht ab

ROMEO

Wie mächtig lebt durch dies mein Mut neu auf!

LORENZO

Geht! Gute Nacht! Und so steht Eure Sache:
Entweder fort, bevor die Wachen streifen,
Oder verkleidet fort, falls es schon tagt.
In Mantua bleibt; ich such nach Eurem Diener,
Und er soll Euch von Zeit zu Zeit das Gute
Berichten, das sich hier für Euch ereignet.
Gib mir die Hand; 's ist spät: leb wohl, gut' Nacht.

ROMEO

Nur weil mich rufen Glück und Seligkeit,
Enteil ich dir so schnell: sonst tät's mir leid.
Leb wohl.

Sie geben ab

VIERTE SZENE

Ein Zimmer in Capulets Haus

Es treten auf: Capulet, Frau von Capulet und Paris

CAPULET

Die Dinge sind so schlecht verlaufen, Herr,
Daß mit der Tochter nicht zu reden war.
Denn seht, sie liebte ihren Vetter Tybalt
Wie ich. Nun gut, wir leben, um zu sterben.
Es ist schon spät; sie kommt nicht mehr herab:
Ich sag Euch, wär es nicht um Euretwillen,
Dann wär ich eine Stunde schon zu Bett.

PARIS

Solch Sterbetag ist nie ein Werbetag.
Madam, gut' Nacht: empfehlt mich Eurer Tochter.

FRAU VON CAPULET

So sei's, und morgen kenne ich ihr Herz:
Heut abend gibt sie sich der Trauer hin.

CAPULET

Graf Paris, meines Kindes Liebe kann ich
Euch dreist versprechen: denn ich denk, sie wird
In jedem Punkt von mir sich leiten lassen,
Ja, ich bezweifl' es nicht. Frau, geht zu ihr,
Eh' Ihr zu Bett geht, unterrichtet sie
Von meines Sohnes Paris Liebe; und
Ersucht sie, hört Ihr wohl, am nächsten Mittwoch –
Doch still! Wir haben heute?

PARIS

Montag, Herr.

CAPULET

Montag! Ha, ha! Nun, Mittwoch ist zu früh,
Doch Donnerstag mag's sein: am Donnerstag
Wird sie dem edlen Grafen angetraut.
Seid Ihr bereit? Gefällt Euch diese Eile?
Wir machen nicht viel Wesens; ein, zwei Freunde.
Denn wißt, da Tybalt eben erst erschlagen,
So könnt man, wenn wir fröhlich feiern, glauben,
Wir hielten ihn nicht wert als unsern Vetter;
So laden wir ein halbes Dutzend Freunde,
Und damit gut. Was meint Ihr? Donnerstag?

PARIS

Ich wollt, Herr, morgen schon wär Donnerstag.

CAPULET

Gut, geht jetzt nur: sei's denn am Donnerstag.
Geht Ihr zu Julia, Frau, eh' Ihr zu Bett geht,
Bereitet auf den Hochzeitstag sie vor.

Paris geht ab

Lebt wohl, mein Graf! – He, leuchtet mir aufs Zimmer!
Nun, meiner Treu, es ist so spät geworden,
Daß man es früh könnt nennen. Gute Nacht!

Sie gehen ab

FÜNFTE SZENE

Julias Zimmer

Romeo und Julia

JULIA

Du willst schon fort? Es ist noch längst nicht Tag:
Es war die Nachtigall und nicht die Lerche,
Die deinem Ohr ins bange Innre drang;
Sie singt bei Nacht auf dem Granatbaum dort:
Geliebter, glaub's, es war die Nachtigall.

ROMEO

Die Lerche war's, des Tages Botin, nicht
Die Nachtigall; mißgünst'ges Licht umsäumt
Im Osten schon das schwindende Gewölk:
Die Nacht hat ihre Kerzen ausgelöscht,
Der heitre Tag naht sich auf Zehenspitzen
Dort über des Gebirges Nebelgipfeln:
Ich geh und lebe oder bleib und sterbe.

JULIA

Kein Tageslicht ist jenes Licht, ich weiß es:
Ein Meteor ist's, das die Sonn' aushaucht,
Damit es nachts dein Fackelträger sei
Und dir den Weg nach Mantua erhelle:
Drum bleibe noch; du brauchst noch nicht zu gehn.

ROMEO

Laß sie mich fassen, mögen sie mich töten:
Wenn du's so haben willst, bin ich's zufrieden.
Glaub mir, dies Grau ist nicht der Morgenschein,
Der bleiche Abglanz nur von Cynthias Stirn;
Das ist auch nicht die Lerche, deren Schlag
Hoch über unsern Häuptern gellt gen Himmel.
Ich wünsche mehr, zu bleiben, als zu gehn:
Dann komm, Tod! Julias Wille mag geschehn.
Nun, Liebste, plaudern wir? Noch tagt es nicht.

JULIA

O doch! Eil fort, es ist das Tageslicht.
Die Lerche ist's, die singt in falschen Tönen
Und gellt mit Fistelstimme rauhen Mißklang.
Man sagt, die Lerche trillre süße Läufe:
Doch diese trillert uns den Trennungslauf.
Es heißt, die Lerche und die Kröte haben
Die Augen ausgetauscht; jetzt wollte ich,
Sie hätten auch die Stimmen ausgetauscht,
Da diese Stimme Arm aus Arm uns schreckt
Und dich wie Jagdgeschrei zum Aufbruch weckt.
Jetzt mußt du gehn, nun wird es hell und heller.

ROMEO

geht zum Fenster

Wie unser Schicksal dunkler, schnell und schneller.

AMME

hinter der Szene

Gnädige Frau!

JULIA

Ja, Amme?

Die Amme tritt auf

AMME

Eure Frau Mutter kommt auf Euer Zimmer.
Der Tag bricht an; seid aufmerksam, habt acht.

Sie geht ab

JULIA

öffnet das Fenster

Fenster, laß ein den Tag, hinaus das Leben.

ROMEO

ergreift die Strickleiter und befestigt sie

Leb wohl! Ein Kuß noch, und ich steig hinab.

Er geht durch das Fenster

JULIA

innen am Fenster

Du gehst? Gemahl, Geliebter, Gatte, Freund!
Ich muß in jeder Stunde von dir hören.

Gib Nachricht jeden Tag mir in der Stunde,
Denn viele Tage hat schon die Minute:
Wie ich sie zähl, sind mir Minuten Tage.
Nach dieser Rechnung komm ich hoch an Jahren,
Bis meinen Romeo ich wiederseh!

ROMEO

außen am Fenster

Leb wohl!
Ich werde jede Möglichkeit verwenden,
Um meine Grüße dir, mein Lieb, zu senden.

JULIA

Oh, glaubst du, daß wir je uns wiedersehn?

ROMEO

Ich zweifle nicht; all diese Leiden sollen
Uns einst zu süßen Plaudereien dienen.

Er verschwindet

JULIA

O Gott! Ich hab ein unheilahnend Herz.
Mich dünkt, ich seh dich, nun du bist so tief,
Als Toten in des Grabes Tiefe liegen:
Bleich siehst du aus, wenn mich mein Aug' nicht täuscht.

ROMEO

hinter der Szene, von unten

Und glaub, mein Lieb, daß ich dich auch so seh:
Der Schmerz trinkt unser Blut. Ade! Ade!

Er geht ganz ab

JULIA

schließt das Fenster

O Glück! O Glück! Man nennt dich unbeständig:
Wenn du so bist, was tust du dann mit ihm,
Der treubewährt ist? Glück, sei unbeständig;
Dann, hoff ich, hältst du ihn nicht lange, sondern
Schickst ihn zurück.

FRAU VON CAPULET
hinter der Szene
He, Tochter! Seid Ihr auf?

JULIA
Wer ruft mich da? Ist's meine gnäd'ge Mutter?
So spät noch auf, oder so früh schon wach?
Welch ungewohnter Anlaß führt sie her?

Frau von Capulet tritt auf

FRAU VON CAPULET
Nun, Julia?

JULIA
Madam, mir ist nicht wohl.

FRAU VON CAPULET
Noch immer weint Ihr um des Vetters Tod?
Willst du mit Tränen aus dem Grab ihn spülen?
Und könntest du's, er lebt nicht wieder auf;
Darum genug: zeigt etwas Gram viel Liebe,
Zeigt viel Gram stets nur Mangel an Verstand.

JULIA
Laßt um den schmerzlichen Verlust mich weinen.

FRAU VON CAPULET
So trifft er Euch; der Freund empfindet nichts,
Um den Ihr weint.

JULIA
So, wie ich ihn empfinde,
Kann ich nur immerfort den Freund beweinen.

FRAU VON CAPULET
Gut, nicht so sehr um seinen Tod weinst du,
Als weil der Schuft noch lebt, der ihn erschlug.

JULIA
Madam, was für ein Schuft?

FRAU VON CAPULET
Der Schurke Romeo.

JULIA

für sich

Er und ein Schuft sind meilenweit verschieden.
Verzeih ihm Gott: ich tu's von ganzem Herzen,
Und doch, kein Mann wie er bedrückt mein Herz.

FRAU VON CAPULET

Der Grund ist dies: der feige Mörder lebt.

JULIA

Ja, Mutter, unerreichbar meinen Händen:
Ich wollt, des Vetters Tod rächt ich allein.

FRAU VON CAPULET

Wir rächen uns für ihn, darauf verlaß dich:
Drum weine nicht. Ich schick nach Mantua,
Wo dieser Landverwiesene jetzt lebt,
Zu jemand, der solch ungewohnten Trunk
Ihm geben soll, daß schnell er Tybalt folgt:
Und dann, hoff ich, wirst du befriedigt sein.

JULIA

Nein, niemals werd ich über Romeo
Befriedigt sein, bis ich ihn sehe – tot –,
Grämt sich mein armes Herz so um Verwandte.
Madam, wenn Ihr doch jemand finden könntet,
Der Gift besorgt: ich würde es so mischen,
Daß Romeo, sobald er es genommen,
In Ruhe schläft. Wie schaudert's mich, daß ich
Ihn nennen hör und kann zu ihm nicht kommen,
Die Lieb' zum Vetter Tybalt an demselben
Geschöpf, das ihn erschlagen, auszulassen!

FRAU VON CAPULET

Find du die Mittel, und ich find den Mann.
Doch jetzt bring ich dir frohe Nachricht, Kind.

JULIA

In so bedrängter Zeit kommt Freude recht.
Was ist's, Frau Mutter, wenn ich bitten darf?

FRAU VON CAPULET

Kind, du hast einen sehr besorgten Vater:
Um dich von deinem Trübsinn abzubringen,
Hat er dir einen Freudentag ersehn,
Den du nicht ahntest, ich voraus nicht sah.

JULIA

Vortrefflich, Mutter. Was für einen Tag?

FRAU VON CAPULET

Denk, nächsten Donnerstag frühmorgens wird
Der ritterliche, edle junge Herr,
Graf Paris, in der Kirche zu Sankt Peter
Vielleicht zu einer frohen Braut dich machen.

JULIA

Nun, bei Sankt Peters Kirche und Sankt Peter,
Er wird mich nicht zur frohen Braut dort machen.
Mich wundert diese Hast, daß ich mich soll
Vermählen, eh' der mir bestimmte Gatte
Zu werben kommt. Sagt meinem Herrn und Vater,
Ich bitte Euch, ich heirat jetzt noch nicht,
Und tu ich's, soll es Romeo – Ihr wißt,
Ich hasse ihn – noch lieber sein als Paris.
Das sind wahrhaftig Neuigkeiten!

Capulet tritt auf, etwas später die Amme

FRAU VON CAPULET

Hier
Kommt Euer Vater; sagt ihm das nun selbst
Und seht, wie er's von Euch sich bieten läßt.

CAPULET

Die Luft sprüht Tau bei Sonnenuntergang,
Beim Untergange meines Brudersohns
Gießt es in Strömen.
Sieh da! Ein Brunnenstandbild? Noch in Tränen?
Stets Regen? In dem einen kleinen Körper
Ahmst du ein Schiff, ein Meer und einen Wind nach:
Stets ebbt und flutet deiner Tränen Strom

Ganz wie ein Meer; dein Körper gleicht dem Schiff,
Das auf der Salzflut segelt, und der Wind
Sind deine Seufzer, die mit deinen Tränen
Im Wechsel wüten; wenn's nicht windstill wird,
Dann wird dein sturmumtobter Körper kentern.
Nun, Frau? Ihr habt ihr den Beschluß verkündet?

FRAU VON CAPULET

Ja, Herr; allein sie will nicht, sie bedankt sich.
Wär doch die Närrin mit dem Grab vermählt!

CAPULET

Sacht! Sprecht verständlich, sprecht verständlich, Frau.
Wie, will sie keinen? Weiß uns keinen Dank?
Ist sie nicht stolz, schätzt sie sich denn nicht glücklich,
So nichtig wie sie ist, daß wir ihr einen
So edlen Herrn als Bräutigam verschaffen?

JULIA

Nicht stolz darauf, doch dankbar, daß Ihr's tatet;
Stolz kann ich nie auf das sein, was ich hasse,
Doch dankbar selbst für Haß, der Liebe meint.

CAPULET

Ei, ei! Ei, ei! Vernünftelei! Was ist das?
„Stolz", und „Ich dank Euch", und „Ich dank Euch nicht";
Und doch „nicht stolz": Ihr Fräulein Naseweis,
Dankt mir nicht Dank, und stelzt mir keinen Stolz!
Zum Donnerstag schmückt Ihr die hübschen Glieder
Und geht mit Paris zum Sankt-Peters-Dom,
Sonst schleife ich dich wie zum Richtplatz hin.
Pfui, pfui, bleichsücht'ges Ding, du Frauenzimmer!
Du Talggesicht!

FRAU VON CAPULET

Pfui, seid Ihr ganz von Sinnen?

JULIA

Auf Knien bitt ich Euch, mein guter Vater,
Nur auf ein Wort hört mich geduldig an.

CAPULET

Zum Henker, Dirne! Unfolgsames Ding!
Ich sag dir, pack dich Donnerstag zur Kirche,
Sonst komm mir niemals wieder zu Gesicht.
Schweig still, entgegne nichts, kein Widerwort!
Mir juckt es in den Fingern ... Frau, wir hielten
Für spärlich uns gesegnet, weil uns Gott
Nur dieses eine Kind gelassen; jetzt
Seh ich, dies eine ist noch eins zuviel:
Wir haben einen Fluch an ihr empfangen.
Pfui auf die Dirne!

AMME

Himmel, sei ihr gnädig!
Ihr seid zu tadeln, daß Ihr so sie scheltet.

CAPULET

Wieso, Frau Weisheit? Hütet Eure Zunge!
Klugschwätzerin, klatscht mit Gevatterinnen!

AMME

Ich sprech kein Unrecht.

CAPULET

Nun, dann geht mit Gott.

AMME

Man darf doch wohl noch reden?

CAPULET

Schweigt, Ihr Waschmaul!
Klugschwatzen mögt Ihr beim Gevatterschmaus!
Hier brauchen wir Euch nicht.

FRAU VON CAPULET

Ihr seid zu hitzig.

CAPULET

Beim Sakrament, es macht mich toll: bei Tag
Und Nacht, früh oder spät, bei Spiel und Arbeit,
Allein und in Gesellschaft dacht ich stets
An ihre Heirat: nun ich einen Herrn
Von fürstlicher Verwandtschaft ihr verschaffe,

Mit schönen Gütern, jung und fein gebildet,
Mit edlen Eigenschaften ausgestattet,
Wie man sich einen Mann nur wünschen kann –
Hab ich nur eine weinerliche Närrin,
Ein zimperliches Ding, das beim Erscheinen
Des Glücks nicht mehr entgegnen kann als dies:
„Heiraten will ich nicht; ich kann nicht lieben,
Ich bin zu jung; ich bitte Euch, verzeiht mir."
Nun, wollt Ihr nicht, so will ich Euch verzeihn:
Grast, wo Ihr wollt, bei mir sollt Ihr nicht hausen:
Seht zu, Ihr wißt, ich pflege nicht zu spaßen.
Donnerstag naht; die Hand aufs Herz; bedenkt:
Hört Ihr auf mich, geb ich Euch meinen Freund;
Sonst bettle, häng dich auf, verdirb am Wege:
Ich kenn dich dann nicht mehr, bei meiner Seele,
Was mir gehört, soll dir dann nichts mehr nützen;
Das glaub, denk nach: ich breche keinen Schwur.

Er geht ab

JULIA

Ist kein Erbarmen in den Wolken droben,
Das in die Tiefe meines Elends schaut?
O Mutter, stoßt mich nicht von Euch; verschiebt
Die Heirat einen Monat, eine Woche,
Und wollt Ihr's nicht, bereitet mir das Brautbett
In jener finstern Gruft, wo Tybalt liegt.

FRAU VON CAPULET

Zu mir sprich nicht, ich rede nicht ein Wort:
Tu was du willst – denn ich bin mit dir fertig.

Sie geht ab

JULIA

O Gott! Wie ist das zu verhüten, Amme?
Mein Gatte ist auf Erden, meine Treu'
Im Himmel; wie kehrt sie zurück zur Erde,
Schickt nicht der Gatte, von der Erde scheidend,
Sie mir vom Himmel? Tröst mich, rate mir.
Ach, muß der Himmel ein so sanftes Wesen
Wie mich mit List verfolgen? Was sagst du?
Hast du kein Wort der Freude? Etwas Trost?

AMME

Fürwahr, ich hab's. Verbannt ist Romeo:
Ich wette alles gegen nichts, daß er
Nicht heimzukehren wagt und Euch beansprucht;
Tät er es doch, könnt's heimlich nur geschehn.
Nun, da die Sache jetzt so steht, so denk ich,
Daß es am besten wär, Ihr nehmt den Grafen.
Welch schöner Herr er ist! Ach, Romeo
Ist gegen ihn ein Jämmerling: ein Adler
Hat kein so feurig-grünes, schönes Auge,
Wie's Paris hat. Bei meiner Seligkeit:
Ein Glück für Euch ist diese zweite Heirat,
Sie sticht die erste aus: und wenn auch nicht,
Eu'r erster Gatte ist so gut wie tot,
Und lebt er auch, er kann Euch doch nichts nützen.

JULIA

Sprichst du von Herzen?

AMME

Und von ganzer Seele,
Sonst strafe Gott sie beide.

JULIA

Amen.

AMME

Wie?

JULIA

Gut, du hast mich erstaunlich reich getröstet.
Geh, sag der gnäd'gen Frau, ich eile fort,
Da ich dem Vater weh tat, um beim Pater
Zu beichten und Vergebung zu erhalten.

AMME

Es soll geschehn – und das ist klug getan.

Sie geht ab

JULIA

blickt der Amme nach, um sich zu überzeugen, ob sie fort ist

Alte Verdammnis! Arge Teufelin!
Ist's mehr Sünd', daß sie mir zum Eidbruch rät

Oder den Mann mir schmäht mit gleicher Zunge,
Mit der sie ihn weit über alles Maß
Vieltausendmal erhob? Geh, du Beraterin;
Du und mein Busen sind fortan verfeindet.
Den Mönch frag ich, wie er mir Hilfe schafft;
Schlägt alles fehl, hab ich zum Sterben Kraft.

Sie geht ab

VIERTER AKT

ERSTE SZENE

Pater Lorenzos Zelle

Lorenzo und Paris treten auf

LORENZO

Am Donnerstag, Herr Graf? Die Frist ist kurz.

PARIS

Mein Vater Capulet will es so haben,
Und ich steh seiner Eile nicht im Wege.

LORENZO

Ihr sagt, Ihr kennt das Herz der Dame nicht:
Das ist kein grader Weg; das lieb ich nicht.

PARIS

Sie weint im Übermaß um Tybalts Tod,
So daß von Liebe ich nur wenig sprach:
In einem Trauerhaus lacht Venus nicht.
Nun, Herr, ihr Vater hält es für gefährlich,
Daß sie dem Kummer so die Herrschaft läßt;
Er drängt in seiner Weisheit auf die Heirat,
Um ihrer Tränen Überschwang zu hemmen,
Dem sie für sich zuviel Beachtung schenkt
Und den vielleicht Gesellschaft von ihr nimmt.
Nun wißt Ihr, was zu dieser Eile drängt.

LORENZO

zunächst für sich

O wüßt ich nicht, warum sie Hemmung brauchte.
Seht, Graf, das Fräulein kommt in meine Zelle.

Julia tritt auf

PARIS

Glücklich getroffen, Fräulein und mein Weib!

JULIA

Das könnte sein, wenn ich ein Weib könnt sein.

PARIS

Dies „könnte sein“ muß sein am Donnerstage.

JULIA

Was sein muß, wird sein.

LORENZO

Das steht außer Frage.

PARIS

Kommt Ihr zur Beichte zu dem frommen Pater?

JULIA

Bejaht ich dies, das hieße Euch zu beichten.

PARIS

Verheimlicht ihm dann nicht, daß Ihr mich liebt.

JULIA

zum Pater

Bekennen will ich Euch: ich liebe ihn.

PARIS

So werdet Ihr gestehn, daß Ihr mich liebt.

JULIA

Wenn ich das tät, wär's hinter Eurem Rücken
Besser als Euch in das Gesicht gesagt.

PARIS

Dein Antlitz, arme Seele, litt durch Tränen.

JULIA

Das war ein schwacher Sieg nur für die Tränen,
Denn schlecht genug war's, eh' sie es bestürmten.

PARIS

Durch dies Wort schmähst du's mehr noch als durch Tränen.

JULIA

Verleumdung ist nicht das, was Wahrheit ist;
Und was ich sprach, sagt ich mir ins Gesicht.

PARIS

Mein ist dein Antlitz – du hast es verleumdet.

JULIA

Das mag so sein, denn mir gehört es nicht.
Habt Ihr jetzt Muße, würd'ger Pater, oder
Soll ich zur Vesperandacht wiederkommen?

LORENZO

Die Muße nehm ich mir, betrübte Tochter.
Herr Graf, wir bitten, uns allein zu lassen.

PARIS

Verhüte Gott, ich wollt Erbauung stören.
Julia, am Donnerstag weck ich Euch morgens:
Mit Gott bis dahin; nehmt den frommen Kuß.

Er geht ab

JULIA

Oh, schließ die Tür, und tatest du's, dann weine
Mit mir; denn hin sind Hoffnung, Müh' und Hilfe.

LORENZO

Ach, Julia, ich kenne schon dein Leid;
Es geht fast über meine Geisteskraft:
Ich hör, du mußt – und gar nichts schiebt es auf –
Am Donnerstag dem Grafen dich vermählen.

JULIA

Sag mir nicht, Vater, daß du davon hörst,
Wenn du nicht sagst, wie ich's verhindern kann:
Wenn dein Verstand nicht Hilfe kann ersinnen,
Dann nenne meine Absicht doch verständig,
Und gleich hilft dieses Messer allem ab.
Gott fügte mein und Romeos Herz zusammen,
Du unsre Hände; und eh' diese Hand,
Die du an Romeos Hand gesiegelt hast,

Je einen andern Bund bekräftigt oder
Mein Herz treulos Verrat übt und ein andres
Für sich erwählt, soll dies sie beide treffen.
Drum gib aus deinem jahrelangen Wissen
Mir augenblicklich Rat; sonst sieh mir zu,
Wie dies blutdürst'ge Messer zwischen mir
Und meiner Not Schiedsrichter ist und löst,
Was du mit Vollmacht durch Geschick und Alter
Zum ehrenhaften Schluß nicht bringen konntest.
O sprich so lang nicht – mich verlangt nach Tod,
Verspricht dein Spruch nicht Hilfe in der Not.

LORENZO

Halt! Ich erspähe eine Art von Hoffnung,
Die im Vollzug verzweifelt ist, wie das
Verzweifelt ist, was wir verhindern wollen.
Wenn starken Willens du dich eher tötest,
Als daß du diesem Grafen dich vermählst,
Dann gehst du sicher auch auf Tod und Leben
Ein Wagnis ein, die Schmach hinwegzuscheuchen,
Der zu entfliehn du selbst den Tod umarmtest;
Wenn du es wagst, so geb ich dir ein Mittel.

JULIA

Verlange eher, daß von Turmeszinnen
Ich springen solle, als den Grafen nehmen;
Auf Wegen laß mich gehn, wo Räuber lauern,
Laß mich bei Schlangen liegen, kette mich
An wilde Bären, oder sperr mich nachts
Ins Beinhaus voller klappernder Gerippe,
Modernder Schenkel und vergilbter Schädel;
Laß in ein frischgemachtes Grab mich gehn
Und mich ins Leichentuch des Toten hüllen;
Was sonst, hört ich's nur nennen, mich ließ zittern,
Das will ich ohne Furcht und Zaudern tun,
Des süßen Gatten keusches Weib zu bleiben.

LORENZO

Wohlan, geh heim, sei fröhlich und gib nach,
Dich Paris zu vermählen. Morgen ist Mittwoch:

Sieh, daß du morgen abend schläfst allein,
Behalt die Amme nicht bei dir im Zimmer.
Wenn du zu Bett bist, öffne dieses Fläschchen
Und trink alsbald den destillierten Saft.
Einschläfernd wird dir gleich ein kalter Schauer
Durch alle Adern rinnen; denn dein Puls
Hält keinen rechten Takt mehr und setzt aus:
Nicht Wärme oder Atem zeugt von Leben;
Der Lippen und der Wangen Rosen werden
Wie Asche fahl; die Augenlider sinken,
Wie wenn der Tod abschließt den Lebenstag;
Ein jedes Glied, der Regsamkeit beraubt,
Wird steif und starr und kalt wie Tod erscheinen.
In so erborgter Todesähnlichkeit
Wirst du verharren zweiundvierzig Stunden
Und dann erwachen wie aus holdem Schlaf.
Wenn nun der Bräutigam am Morgen kommt,
Um dich vom Schlaf zu wecken, bist du tot:
Dann wirst du nach der Sitte unsres Landes
In deinem schönsten Kleid auf offner Bahre
Zu jenem alten Gruftgewölb' getragen,
Der Ruhestätte aller Capulets.
Inzwischen soll, eh' du erwachen wirst,
Romeo schriftlich unsern Plan erfahren:
Erscheinen soll er und mit mir drauf warten,
Daß du erwachst, und in derselben Nacht
Bringt Romeo dich von hier nach Mantua.
Das wird dich retten vor der drohnden Schmach,
Wenn dir kein Anfall einer Sinnesändrung
Noch Weiberfurcht den Mut zum Handeln schwächt.

JULIA

Gib mir, o gib mir! Sprich mir nicht von Furcht!

LORENZO

Gut – geh, und bist du stark, hast du Erfolg
Durch den Entschluß: ich schick durch einen Bruder
Den Brief nach Mantua an deinen Gatten.

JULIA

Liebe, gib Kraft mir! Laß mich nicht ermatten!
Leb wohl denn, teurer Pater.

Sie gehen ab

ZWEITE SZENE

Ein Saal in Capulets Haus

Es treten auf: Capulet, Frau von Capulet, die Amme und zwei Diener

CAPULET

Lad so viel Gäste ein, wie hier verzeichnet stehn.

Ein Diener geht ab

Du, Bursch, besorg mir zwanzig tücht'ge Köche.

DIENER

Nicht einen schlechten sollt Ihr bekommen, Herr, denn ich werde erst prüfen, ob sie ihre Finger lecken können.

CAPULET

Wie kannst du sie so prüfen?

DIENER

Meiner Treu, Herr, das ist ein schlechter Koch, der seine eigenen Finger nicht lecken kann, deshalb bringe ich keinen mit, der das nicht kann.

CAPULET

Dann also geh.

Der Diener geht ab

Wir werden diesmal schlecht gerüstet sein.
Ist meine Tochter fort zu Pater Lorenz?

AMME

Ja, allerdings.

CAPULET

Vielleicht setzt er dem Kind den Kopf zurecht;
Ein töricht-eigensinn'ger Nichtsnutz ist's.

Julia tritt auf

AMME

Seht, von der Beichte kommt sie frohgemut.

CAPULET

Sieh da, mein Trotzkopf! Wo umhergeschwärmt?

JULIA

Wo ich gelernt, die Sünde zu bereun
Von Trotz und Ungehorsam gegen Euch
Und Euren Willen; Pater Lorenz hat
Mir auferlegt, kniefällig um Vergebung
Euch anzuflehn: verzeiht, ich bitte Euch!

Sie kniet nieder

Fortan will ich Euch stets gehorsam sein.

CAPULET

Zum Grafen schickt; geht hin und sagt ihm das:
Der Knoten soll geknüpft sein morgen früh.

JULIA

Ich traf den jungen Herrn in Lorenz' Zelle,
Erwies geziemend Gunst ihm, wie ich's konnte,
Und eingedenk der Grenzen guter Sitte.

CAPULET

Darüber freu ich mich; 's ist gut: steh auf.
So muß es sein. Ich will den Grafen sehn:
Ja, freilich, geht, sag ich, und holt ihn her.
Beim Himmel, dem ehrwürd'gen, frommen Mönch
Ist unsre ganze Stadt sehr tief verpflichtet.

JULIA

Nun, Amme, geht Ihr mit mir auf mein Zimmer
Und helft mir bei der Wahl des rechten Putzes,
Wie er Euch gut dünkt, morgen mich zu schmücken?

FRAU VON CAPULET

Nein, nicht vor Donnerstag; 's ist Zeit genug.

CAPULET

Amme, geh mit: wir woll'n zur Kirche morgen.

Julia und die Amme geben ab

FRAU VON CAPULET

Mit unsrer Vorbereitung wird es knapp:
's ist beinah Nacht.

CAPULET

Ach was, ich rühre mich:
Daß alles gut geht, Frau, dafür steh ich.
Geh du zu Julia, hilf, sie anzukleiden.
Ich gehe nicht zu Bett; laß mich allein.
Dies eine Mal will ich die Hausfrau machen.
Heda! Schon alle fort? Gut, ich geh selbst
Zum Grafen Paris, daß er sich gefaßt
Auf morgen macht: mir ist ganz wunderbar,
Daß dieses spröde Mädchen sich so beugte.

Sie geben ab

DRITTE SZENE

Julias Zimmer

Julia und die Amme treten auf

JULIA

Ja, dieses Kleid ist's beste. Liebste Amme,
Ich bitt dich, überlaß mich nachts mir selbst,
Denn viel Gebete tun mir not, den Himmel
Zu rühren, daß er meinem Zustand lächle,
Der, wie du wohl weißt, arg und sündlich ist.

Frau von Capulet tritt auf

FRAU VON CAPULET

Seid ihr beschäftigt? Braucht ihr meine Hilfe?

JULIA

Nein, gnäd'ge Frau; wir wählten Zubehör,
Das sich zum Putz für morgen schickt, schon aus;
Gefällt es Euch, so laßt mich nun allein
Und laßt zur Nacht die Amme bei Euch sein:
Ihr habt ja alle Hände voll zu tun
Bei dem so plötzlichen Geschäft.

FRAU VON CAPULET

Gut' Nacht:
Geh nun zu Bett und ruhe: du hast's nötig.

Frau von Capulet und die Amme gehen ab

JULIA

Lebt wohl! Gott weiß, wann wir uns wiedersehn.
Mein Blut durchschauert matte, kalte Furcht,
So daß die Lebenswärme fast erstarrt:
Ich will zurück sie rufen mir zum Trost.
Amme! – Jedoch was soll sie hier? Ich muß
Die Schreckensszene ganz allein vollbringen.
Komm, Fläschchen.
Wie, wenn der Trank nun überhaupt nicht wirkt?
Vermählt man mich dann morgen in der Frühe?
Nein, das hier wird's verhindern: lieg du dort.

Sie legt einen Dolch neben sich

Wie, wenn ein Gift es wär, das mir der Mönch
Mit Arglist mischte, um mich tot zu haben,
Damit ihn diese Heirat nicht entehrt,
Weil er mit Romeo mich schon vermählte?
Das fürchte ich: und doch dünkt mich's unmöglich,
Denn stets war er als frommer Mann bewährt.
Doch wenn, sobald man mich ins Grab gelegt,
Ich vor der Zeit erwach, eh' Romeo kommt,
Mich zu befreien? Grauenvolle Lage!
Muß ich dann nicht erstickt sein in der Gruft,
In deren Giftschlund reine Luft nie dringt,
Und hab schon ausgehaucht, eh' Romeo kommt?
Doch bleib ich leben, ist's dann nicht wahrscheinlich,
Daß dieses Schreckensbild von Tod und Nacht
Zusammen mit der Furchtbarkeit des Ortes
Wie eines solchen alten Grabgewölbes,
Wo die Gebeine aller meiner Ahnen
Seit vielen hundert Jahren schon sich häufen,
Wo der erstochne Tybalt, frisch bestattet,
Verwesend liegt in seinem Leichentuch,
Wo nachts, wie's heißt, zuweilen Geister umgehn:
Ist's nicht wahrscheinlich, daß ich, wache ich
So früh auf, bei so scheußlichen Gerüchen,

Gekreisch von ausgerupften Alraunwurzeln,
Das Sterbliche, die's hören, toll schon macht:
Oh, wach ich auf, werd ich nicht rasend werden,
Umringt von all den schaudervollen Schrecken
Verrückt mit meiner Ahnen Knochen spielen?
Vom Bahrtuch weg den blut'gen Tybalt reißen?
In diesem Wahne eines Urahns Knochen
Als Knüppel nehmen, mein verzweifeltes
Gehirn mir auszuschlagen? Da! Mich dünkt,
Ich sehe Tybalts Geist sich Romeo
Erspähen, weil er seinen Körper spießte
Auf eines Degens Spitze: Tybalt, halt!
Romeo, Romeo! Dir trink ich zu.

Sie wirft sich auf das Bett

VIERTE SZENE

Halle in Capulets Haus

Frau von Capulet und die Amme treten auf

FRAU VON CAPULET

Da, nimm die Schlüssel, hole mehr Gewürz.

AMME

Zum Backen fehlt's an Datteln noch und Quitten.

Capulet tritt auf

CAPULET

Komm, flott, flott, flott! Schon kräht der zweite Hahn,
Die Morgenglocke läutet; 's ist drei Uhr.
Sieh nach dem Backwerk, gute Angelika,
Und spar an Kosten nichts.

AMME

Topfgucker Ihr,
Geht nur zu Bett; Ihr seid sonst morgen krank,
Weil jetzt Ihr wacht.

CAPULET

Nicht im geringsten, Amme.
Ha! Früher hab ich manche ganze Nacht
Um weniger gewacht und war nie krank.

FRAU VON CAPULET

Ja, dazumal wart Ihr ein Schürzenjäger;
Doch jetzt will ich Eu'r Wachsein überwachen.

Frau von Capulet und die Amme gehen ab

CAPULET

Nur Eifersucht, nur Eifersucht.

Mehrere Bediente mit Bratspießen, Holzscheiten und Körben gehen über die Bühne

Gesell,
Was gibt's?

ERSTER BEDIENTER

's ist für die Küche, Herr; wozu, das weiß ich nicht.

CAPULET

Mach schnell, mach schnell.

Der Erste Bediente geht ab

Du, Bursch, hol trocknes Holz:
Ruf Peter her, er zeigt dir, wo es ist.

ZWEITER BEDIENTER

Ich hab 'nen Kopf, Herr, der Holzklötze findet,
Und brauche Peter nicht drum zu bemühn.

CAPULET

Potz! Gut gesagt! Ein lust'ger Jungfernsohn.
Du sollst mein Holzkopf sein.

Der Zweite Bediente geht ab

Mein' Treu, 's ist Tag:
Der Graf wird gleich erscheinen mit Musik,
Das wollt er, sagte er.

Musik hinter der Szene

Ich hör ihn schon.
He, Amme, Frau! Heda! He, Amme, sag ich!

Die Amme tritt wieder auf

Geh, wecke Julia, geh und schmücke sie;
Ich geh und schwatz mit Paris: eile, schnell,
Nur schnell, der Bräutigam ist schon zur Stell':
Schnell, sag ich Euch.

Sie gehen ab

FÜNFTE SZENE

Julias Zimmer

Die Amme tritt auf

AMME

Fräulein! Na, Fräulein Julia! Tief im Schlaf:
He, Lämmchen, Fräulein! Pfui, Langschläferin!
Nun, Herzchen, sag ich! Fräulein! Liebling! Braut!
Wie, nicht ein Wort? Ihr nützt es weidlich aus,
Schlaft auf acht Tag' im voraus; nächste Nacht
Ist Paris sicher rastlos drauf bedacht,
Euch wenig Rast zu gönnen. Gott verzeih mir!
Maria und Josef! Wie gesund sie schläft!
Ich muß sie doch wohl wecken. Fräulein, Fräulein!
Laßt Ihr vom Grafen Euch im Bett ertappen,
Ermuntert er Euch, meiner Treu. Wie, ganz
In Kleidern und dann wieder hingelegt?
Ich muß Euch wirklich wecken. Fräulein! Fräulein!!
Ach, Hilfe! Hilfe! Tot ist unser Fräulein!
Ach, daß ich je geboren bin! Schafft Branntwein!
O Herr, o gnäd'ge Frau!

Frau von Capulet tritt auf

FRAU VON CAPULET

Was für Geschrei gibt's hier?

AMME

O Tag des Jammers!

FRAU VON CAPULET

Was gibt es?

AMME

Seht doch, seht! O schwerer Tag!

FRAU VON CAPULET

Weh mir, weh mir! Mein Kind, mein einzig Leben!
Komm zu dir! Blicke auf! Sonst sterb ich mit dir.
Helft, helft! O ruf nach Hilfe.

Capulet tritt auf

CAPULET

Schämt euch, bringt Julia her; ihr Bräutigam ist da.

AMME

Ach, welch ein Tag! Tot ist sie – tot – tot – tot.

CAPULET

Ha! Laßt mich sehn. Aus! Ach! Sie ist schon kalt.
Ihr Blut ist starr und die Gelenke steif;
Das Leben floh schon längst von diesen Lippen.
Der Tod liegt auf ihr, wie der Frost im Frühling
Die schönste Blüte auf den Auen trifft.

AMME

O Tag des Jammers!

FRAU VON CAPULET

Leiderfüllte Zeit!

CAPULET

Der Tod, der mir sie nahm, damit ich klage,
Lähmt mir die Zunge; sprechen kann ich nicht.

Pater Lorenzo und Paris treten mit Musikanten auf

PARIS

Nun, ist die Braut bereit, zum Dom zu gehn?

CAPULET

Bereit zu gehn, doch nie zurückzukehren.
Ach, Sohn, die Nacht vor deinem Hochzeitstag
Nahm sich der Tod dein Weib; da liegt sie, schau:
Die Blume, die sie war, durch ihn geschändet.

Der Tod, mein Eidam jetzt, wird mich beerben;
Er ist der Tochter Gatte: ich will sterben
Und laß dem Tod mein Leben, Habe, alles.

PARIS

Hab ich so lang auf dieses Morgens Antlitz
Gehofft, und bietet er mir solch ein Bild?

FRAU VON CAPULET

Verfluchter Unglückstag! Gräßlich! Abscheulich!
O ärgste Stunde, die jemals die Zeit
Auf ihrer mühevollen Wandrung sah!
Nur ein, ein einzig, einzig liebend Kind,
Ein Wesen, zu erfreun und aufzumuntern:
Aus meinem Blick reißt grauser Tod es fort.

AMME

O Weh! O Tag voll Weh, voll Weh, voll Weh!
O Trauertag, höchst wehevoller Tag,
Daß jemals, je ich dich noch sehen mußte!
O Tag! O Tag! O Tag! Verhaßter Tag!
Nie ward solch schwarzer Tag wie der gesehn!
O Tag voll Weh! O Tag voll Weh! Voll Weh!

PARIS

Getäuscht, getrennt, geschmäht, gekränkt, erschlagen!
O höchst verruchter Tod, von dir getäuscht!
Von dir ganz grausam, grausam überlistet!
O Lieb'! O Leben! Nein, nur Lieb' im Tode!

CAPULET

Verhöhnt, bedrängt, gehaßt, gequält, getötet!
Trostlose Zeit, warum nur kamst du jetzt,
Zu morden, morden unser Freudenfest?
O Kind, Kind! Meine Seel' und nicht mein Kind,
Tot bist du! Ach, mein Kind ist tot; begraben
Sind meine Freuden auch mit meinem Kinde.

LORENZO

Pfui, schämt Euch, still! Dem Jammer helft Ihr nicht
Durch Jammern ab. Ihr teiltet mit dem Himmel

Dies schöne Mädchen; nun hat er sie ganz,
Und um so besser ist es für das Mädchen.
Ihr konntet Euern Anteil an ihr nicht
Bewahren vor dem Tod; jedoch der Himmel
Bewahrt nun seinen Teil im ew'gen Leben.
Was Ihr erstrebt, war ihre Rangerhöhung,
Eu'r Himmel war, sie sollt erhoben werden:
Und weint Ihr jetzt, wo Ihr sie seht erhoben
Hoch über Wolken, wie der Himmel selbst?
So liebend, liebt Ihr Euer Kind so schlecht,
Daß Ihr verzweifelt, wenn Ihr wohl sie seht:
Nicht wohl vermählt ist eine Langvermählte,
Wohl ist vermählt, die jung der Himmel wählte.
Laßt ab vom Weinen; streut Eu'r Rosmarin
Auf diesen schönen Leib, und nach der Sitte
Tragt sie in ihrem besten Schmuck zur Kirche:
Mag törichte Natur uns weinen machen,
Vernunft wird unsre Tränen nur verlachen.

CAPULET

Was alles wir so festlich vorbereitet,
Die düstre Trauerfeier nun begleitet.
Die Instrumente werden Totenglocken,
Der Hochzeitsschmaus ein stilles Leichenmahl,
Die Festeshymnen ernste Grabeslieder,
Der Brautkranz dient nun als Begräbnisschmuck,
Und alles kehrt ins Gegenteil sich um.

LORENZO

Herr, geht hinein; geht mit ihm, gnäd'ge Frau;
Geht auch, Graf Paris; jeder sei bereit,
Der schönen Leiche bis zur Gruft zu folgen:
Der Himmel zürnt Euch einer Sünde wegen,
Ihr dürft durch Trotz ihn nicht noch mehr erregen.

Capulet und Frau, Paris und Pater Lorenzo gehen ab

ERSTER MUSIKANT

Ja, dann können wir unsere Flöten wieder einpacken und gehen.

AMME

Liebwerte Freunde, ja, packt ein, packt ein,
Ihr wißt ja wohl, das ist kein Fall zum Lachen.

Sie geht ab

ERSTER MUSIKANT

Ja, meiner Treu, was wär da sonst zu machen.

Peter tritt auf

PETER

Musikanten, ah, Musikanten! Spielt mir „Frisch auf, mein Herz"! Ach, wenn Euch mein Leben lieb ist, dann spielt „Frisch auf, mein Herz".

ERSTER MUSIKANT

Warum „Frisch auf, mein Herz"?

PETER

Ach, ihr Musikanten! Weil mein eigenes Herz nach der Melodie schlägt „Mein Herz ist voll von Weh": ach, spielt mir eine lustige Trauermelodie, mich aufzuheitern.

ERSTER MUSIKANT

Nichts da von Trauermelodie; es ist jetzt nicht die Zeit, zu spielen.

PETER

Dann wollt Ihr nicht?

ERSTER MUSIKANT

Nein.

PETER

Dann will ich es Euch gründlich geben.

ERSTER MUSIKANT

Was wollt Ihr uns geben?

PETER

Kein Geld, meiner Treu, sondern ich werde Euch eins flöten; ich will Euch Bänkelsänger nennen.

ERSTER MUSIKANT

Dann nenne ich Euch Bedientenseele.

PETER

Dann werde ich Euch den Dolch der Bedientenseele auf den Kopf schlagen. Ich werde keine Viertelnoten spielen: ich werde Euch die Flötentöne aus dem Effeff beibringen. Ihr kennt doch die Noten?

ERSTER MUSIKANT

Wenn Ihr uns fortissimo in F-Dur aufspielen wollt, bringt Ihr uns schwer in Not.

ZWEITER MUSIKANT

Ich bitte Euch, steckt Euern Dolch ein und zieht Euern Witz heraus.

PETER

Dann nehmt Euch vor meinem Witz in acht! Ich will Euch mit meinem eisernen Witz gründlich durchbleuen und meinen eisernen Dolch einstecken. Antwortet mir wie Männer:

„Wenn wildes Weh das Herz durchdrang
Und Traurigkeit den Sinn bedrückt,
Musik durch ihren Silberklang ..."

Warum „Silberklang"? Warum „Musik durch ihren Silberklang"? Was sagt Ihr, Simon Katzendarm?

ERSTER MUSIKANT

Nun, Freund, weil Silber einen feinen Klang hat.

PETER

Faselei! Was sagt Ihr, Hugo Bumfiedel?

ZWEITER MUSIKANT

Ich sage „Silberklang", weil wir Musici für Silber spielen.

PETER

Auch gefaselt! Was sagt Ihr nun, Jakob Stimmstock?

DRITTER MUSIKANT

Ehrlich gesagt, ich weiß nichts.

PETER

Oh, ich bitte Euch um Vergebung, Ihr seid ja der Sänger: ich will es für Euch sagen. Es heißt „Musik durch ihren Silberklang", weil Musikanten selten Gold für ihr Getön kriegen:

„Musik durch ihren Silberklang
Mit schneller Tröstung uns beglückt.“

Er geht ab

ERSTER MUSIKANT

Was für ein vermaledeiter Bursche!

ZWEITER MUSIKANT

Hol der Henker den Hansdampf! Kommt, wir wollen hier hinein, auf die Trauerleute warten und zum Essen dableiben.

Sie gehen ab

FÜNFTER AKT

ERSTE SZENE

Mantua; eine Straße

Romeo tritt auf

ROMEO

Wenn ich dem Gaukelbild des Schlafs darf traun,
Weissagt mein Traum mir bald schon frohe Kunde.
Leicht auf dem Thron sitzt meines Herzens Liebe,
Ein ungewohnter Geist hebt mich mit frohen
Gedanken schon den ganzen Tag empor.
Mir träumt', die Liebste käm und fänd mich tot –
Seltsamer Traum, der Tote denken läßt! –
Und küßte Leben meinen Lippen ein,
Daß neu ich auflebt und ein Kaiser war.
Wie süß ist – ach! – die Liebe selbst begabt,
Wenn schon so wonnereich ihr Schatten ist!

Balthasar tritt auf, in Reitstiefeln

Ha! Neues aus Verona! Balthasar, was gibt es?
Bringst du mir keinen Brief vom Pater mit?
Wie geht's der Trauten? Geht's dem Vater gut?
Wie geht es meiner Julia? frag ich nochmals,
Denn nichts kann übel stehn, ist ihr nur wohl.

BALTHASAR

Nun, ihr ist wohl, und nichts kann übel stehn:
Ihr Leib ruht in der Gruft der Capulets,
Und ihr unsterblich Teil lebt bei den Engeln.
Ich sah in die Familiengruft sie legen
Und nahm ein Eilpferd, um es Euch zu melden:
Verzeiht, daß ich Euch schlimme Botschaft bringe,
Da Ihr es mir zur Pflicht gemacht habt, Herr.

ROMEO

Ist's wirklich so? Ich sag euch ab, ihr Sterne!

Du weißt mein Haus; besorg Papier und Tinte
Und miete Pferde; abends will ich fort.

BALTHASAR

Geduld, Herr, so will ich Euch nicht verlassen:
Ihr blickt so bleich und wild, und darin kündigt
Sich Unheil an.

ROMEO

Unsinn, da irrst du dich.
Verlaß mich, und tu das, was ich verlange.
Hast du vom Pater keinen Brief für mich?

BALTHASAR

Nein, lieber Herr.

ROMEO

Es macht nichts; geh jetzt gleich
Und miete Pferde; bald bin ich bei dir.

Balthasar geht ab

Gut, Julia, heut nacht ruh ich bei dir.
Laßt sehn! O Unheil, schnell drängst du dich ein
In die Gedanken hoffnungsloser Menschen.
Mir fällt ein Apotheker ein; er wohnt hier
Ganz nah; ich sah ihn jüngst, gehüllt in Lumpen,
Die Brauen überhängend, Kräuter suchen;
Armselig war sein Anblick; bittres Elend
Hatt ihn bis auf die Knochen abgezehrt.
'ne Schildkröt' hing in seinem dürft'gen Laden,
Ein ausgestopftes Krokodil und Häute
Von mißgeformten Fischen; auf den Borden
Lag bettelhafter Kram von leeren Büchsen,
Grünirdnen Töpfen, Blasen, muff'gem Samen,
Bindfadenendchen, altem Rosenkuchen,
Dünn ausgebreitet, eine Schau zu bieten.
Als ich die Armut wahrnahm, sagt ich mir:
Braucht jemand schnell ein Gift, dessen Verkauf
In Mantua sogleich den Tod bedeutet,
Hier lebt ein armer Schelm, der's ihm verkaufte.
Der Einfall ging vorauf nur dem Bedürfnis,
Und der bedürft'ge Mann muß mir's verkaufen.
Dies ist das Haus, soweit ich mich entsinne:

Da Festtag, ist der Trödlerladen zu.
He, holla, Apotheker!

Der Apotheker tritt auf

APOTHEKER

Wer ruft denn da so laut?

ROMEO

Komm hierher, Mann. Ich sehe, du bist arm.
Nimm, da sind vierzig Gulden: dafür gib mir
Ein Quentchen Gift, ein so blitztödlich Zeug,
Das sich durch alle Adern so verteilt,
Daß tot der Lebensmüde hinfällt und
Der Rumpf so jäh des Lebens sich entlädt,
Wie wenn das Pulver, schnell entzündet, blitzt
Aus der Kanone unheilschwangerm Bauch.

APOTHEKER

Ich hab solch tödlich Gift; doch Mantuas
Gesetz bringt jedem, der's verkauft, den Tod.

ROMEO

Bist du so nackt und elend, und du fürchtest
Den Tod? In deinen Wangen sitzt der Hunger,
Not und Bedrängnis darbt in deinen Augen,
Die Schmach der Bettelei hängt dir am Rücken;
Die Welt und ihr Gesetz sind nicht dein Freund,
Die Welt kennt kein Gesetz, dich reich zu machen.
Drum sei nicht arm, brich das Gesetz, und nimm.

APOTHEKER

Nur meine Not stimmt zu, und nicht mein Wille.

ROMEO

Ich zahl es deiner Not, nicht deinem Willen.

APOTHEKER

Tut dies in irgendeine Flüssigkeit
Und trinkt sie aus; und wärt Ihr auch so stark
Wie zwanzig Mann – gleich wär's um Euch geschehn.

ROMEO

Da ist dein Gold, ein schlimmres Gift für Seelen
Der Menschen, das auf dieser argen Welt
Mehr Mord bewirkt als diese arme Mischung,
Mit der du nicht darfst handeln. Ich hab dir
Ein Gift verkauft: du hast mir keins verkauft.
Leb wohl! Kauf Nahrung, setze wieder Fleisch an.

Der Apotheker geht ab

Komm, Heiltrank und nicht Gift, begleite mich
Zu Julias Sarg; denn dort gebrauch ich dich.

Er geht ab

ZWEITE SZENE

Verona; Pater Lorenzos Zelle

Bruder Johannes tritt auf

JOHANNES
einen Brief hervorziehend

Ehrwürd'ger Pater Franziskaner, ho!

Pater Lorenzo tritt auf

LORENZO

Bruder Johannes' Stimme muß das sein.
Von Mantua willkommen: was sagt Romeo?
Doch schrieb er, was er denkt; laß sehn den Brief.

JOHANNES

Als ich von den Barfüßern unsres Ordens
Mir einen suchte, daß er mich begleite –
Er spricht den Kranken zu in dieser Stadt –,
Und ihn auch fand, verschlossen die Beamten
Der Stadt in dem Verdacht, wir beide seien
In einem pestverseuchten Haus, die Türen
Und wollten uns heraus nicht lassen: so
Ward mir verwehrt, nach Mantua zu eilen.

LORENZO

Wer bracht nun meinen Brief zu Romeo?

JOHANNES

Ihn schicken konnt ich nicht – da ist er wieder –
Und fand auch Boten nicht, ihn dir zu bringen,
So groß war ihre Furcht vor Ansteckung.

LORENZO

Unsel'ger Zufall! Nun, bei meinem Orden,
Der Brief war nicht belanglos, sondern voll
Gewicht'gen Inhalts; daß er nicht bestellt,
Kann schwere Folgen haben. Bruder, geh,
Besorg mir ein Brecheisen und bring's schnell
Mir in die Zelle.

JOHANNES

Ja, Bruder, ich will gehn und bring es dir.

Er geht ab

LORENZO

Allein muß ich nun zur Familiengruft;
Drei Stunden noch, dann muß die schöne Julia
Erwachen; heftig tadeln wird sie mich,
Weil Romeo von alldem nichts erfuhr;
Nach Mantua doch schreib ich nochmals, und
Bis Romeo kommt, sei sie bei mir verwahrt:
O arme Leiche, lebend aufgebahrt.

Er geht ab

DRITTE SZENE

Ein Kirchhof;
darin die Familiengruft der Capulets

Paris und ein Page, mit Blumen und einer Fackel, treten auf

PARIS

Gib mir die Fackel, Knabe; geh beiseite –
Nein, lösch sie aus; ich laß mich nicht gern sehn.

Dort unter jenen Eiben streck dich aus
Und leg dein Ohr dicht an die hohle Erde;
So kann kein Fuß den Kirchhof hier betreten,
Der locker und von Gräbern unterwühlt ist,
Ohn' daß du's hören mußt: dann pfeife mir
Zum Zeichen, daß du etwas nahen hörst.
Die Blumen! Tu, was ich dir sagte; geh.

PAGE

Beinahe fürcht ich mich, hier auf dem Kirchhof
Allein zu bleiben; dennoch will ich's wagen.

Er zieht sich zurück

PARIS

Auf's Brautbett, Blume, dir die Blumenzier –
O weh! dein Baldachin ist Staub und Stein –:
Süßduftend Wasser spreng ich nächtlich dir,
Und fehlt es, sollen's meine Tränen sein:
Mein Trauerdienst mich nachts mit dir vereine,
Wenn ich dein Grab bestreu und dich beweine.

Der Page pfeift

Der Knabe warnt mich: etwas nähert sich.
Wer stört an diesem Ort mit Niedertracht
Die Leichenfeier treuer Lieb' bei Nacht?
Mit einer Fackel! Nacht, verhülle mich.

Er zieht sich zurück

Romeo und Balthasar mit einer Fackel, einer Spitzhacke und anderen Werkzeugen treten auf

ROMEO

Gib mir die Hacke und den Schraubenzieher.
Halt, nimm den Brief, und sieh am Morgen zu,
Ihn meinem Herrn und Vater abzugeben.
Das Licht gib; ich verlang bei deinem Leben,
Was du magst sehn und hören, halt dich fern
Und unterbrich mich nicht in meinem Tun.
Ich muß in dieses Bett des Todes steigen,
Teils um der Gattin Angesicht zu sehn,
Vor allem aber einen kostbarn Ring,
Den ich in einer ernsten Sache brauche,
Von ihrem Totenfinger abzuziehn:

Drum fort von hier, entferne dich; doch wenn
Du wiederkommst voll Argwohn, um zu spähn,
Was ich nun weiter vorhab: nun, beim Himmel,
Dann reiße ich dich Glied für Glied in Stücke
Und streue sie auf diesen Friedhofsschlund:
Grausam ist diese Zeit und so mein Wille,
Weit unerbittlicher und wilder als
Hungrige Tiger und die brüllnde See.

BALTHASAR

Ich werde gehen, Herr, und Euch nicht stören.

ROMEO

So zeigst du deine Freundschaft. Nimm du dies:
Lebe, sei glücklich und fahr wohl, Gesell.

BALTHASAR

beiseite, im Abgehen

Um all das will ich hier mich so verstecken:
Sein Tun weckt Argwohn und sein Aussehn Schrecken.

ROMEO

Du schauderhafter Wanst, du Bauch des Todes,
Gesättigt mit der Erde schönstem Bissen,
So zwing ich dich, den morschen Schlund zu öffnen,
Und stopfe dich zum Trotz mit noch mehr Nahrung.

Er bricht die Tür des Grabmals auf

PARIS

Sieh, der verbannte dreiste Montague,
Der Julias Vetter mordete; man glaubt,
Aus Gram darüber starb das zarte Wesen.
Er kam wohl her, um einen Leichenfrevel
Hier zu verüben: fassen will ich ihn.

Er tritt hervor

Stell ein dein Tun, du arger Montague!
Wird Rache übers Grab hinaus geübt?
Du ausgestoßner Schuft, ich nehm dich fest:
Gehorche und komm mit, denn du mußt sterben.

ROMEO

Das muß ich, ja! und deshalb kam ich her.
Du edler Jüngling, führ Verzweifelte
Nicht in Versuchung; flieh von hier, verlaß mich.
An diese Abgeschiednen denk, laß sie
Dich schrecken. Ich beschwör dich, Jüngling, häufe
Nicht eine weitre Sünde auf mein Haupt,
Indem du meine Wut entfachst: eil fort!
Bei Gott, ich liebe dich mehr als mich selbst,
Denn gegen mich gewaffnet kam ich her:
Verzweifle nicht! Fort! Leb und sage dann,
Aus Mitleid hieß dich fliehn ein irrer Mann.

PARIS

Dein Mitleid lehn ich mit Verachtung ab
Und nehme dich hier als Verbrecher fest.

ROMEO

Du forderst mich heraus? Dann wehr dich, Knabe!

Sie fechten

Der Page tritt hervor

PAGE

O Gott, sie fechten! Jetzt ruf ich die Wache.

Er geht ab

PARIS

Ich bin erschlagen! *Er fällt.* Wenn du Mitleid hast,
Öffne das Grab, leg mich zu Julia.

Er stirbt

ROMEO

Das will ich, ja! Laß dein Gesicht mich sehn:
Graf Paris ist's, Mercutios edler Vetter!
Was sprach mein Diener, als auf unserm Ritt
Mein aufgeregter Sinn nicht auf ihn hörte?
Ich glaube, Paris habe sich mit Julia
Vermählen sollen – sagte er nicht so?
Wie, oder träumt ich's? Oder bin ich toll,
Da ich von Julia ihn sprechen hörte
Und glaub, es war so? Gib mir deine Hand

Als einer, der wie ich verzeichnet steht
Im Buche bittern Mißgeschicks! Ich will dich
In einem Grabe des Triumphes betten.
In einem Grab? O nein, erschlagner Jüngling,
In lichter Kuppel: Julia liegt hier,
Und ihre Schönheit wandelt diese Gruft
In einen Prunksaal voller Licht um. Tod,
Dort liege, beigesetzt von einem Toten.

Er legt Paris in das Grabmal

Wie oft, wenn Menschen sich zum Tod bereiten,
Sind sie noch fröhlich! Ihre Wärter nennen's
Den Aufblitz vor dem Tod: oh, wie kann ich
Das einen Aufblitz nennen? Liebstes Weib!
Der Tod, der deines Odems Honig sog,
Besaß nicht über deine Schönheit Macht,
Er hat dich nicht besiegt: der Schönheit Banner
Belebt dir purpurn Mund und Wange noch,
Des Todes bleiche Fahne herrscht dort nicht.
Tybalt, liegst du im blut'gen Bahrtuch da?
Welch größre Gunst kann ich dir wohl gewähren,
Als daß ich mit der Hand, die jung dich traf,
Nun auch die Jugend deines Feindes treffe?
Vergib mir, Vetter! Ach, du teure Julia,
Warum bist du so schön noch? Soll ich glauben,
Der körperlose Tod sei toll verliebt
Und dieses dürre Scheusal halte dich
Als seinen Schatz hier in der Finsternis?
Das fürcht ich: drum will ich von dir nicht weichen
Und mich von dem Palast der dunklen Nacht
Nun nie mehr trennen: hier, hier will ich bleiben
Bei Würmern, die dir Zofendienste tun;
Oh, hier will ich mir ew'ge Ruh bereiten,
Hier schüttle ich das Joch mißgünst'ger Sterne
Vom lebensmüden Fleisch. Noch einen Blick,
Ihr Augen! Arme, einmal noch Umarmung!
Oh, und ihr Lippen, Pforten für den Atem,
Durch gült'gen Kuß besiegelt den zeitlosen
Vertrag jetzt mit dem nimmersatten Tod!
Komm, bittrer Führer; komm, du finstrer Fährmann,
Du hoffnungsloser Steuermann: jetzt laß

Mit einem Stoß dein fahrtenmüdes Schiff
Zerschellend prallen auf das Felsenriff.
Das dir, mein Lieb! *Er trinkt.* Redlicher Medikus,
Dein Saft ist schnell: so sterbe ich im Kuß.

Er stirbt

Am andern Ende des Kirchhofs tritt Pater Lorenzo mit einer Laterne, einem Brecheisen und einem Spaten auf; Balthasar tritt hervor

LORENZO

Heil'ger Franziskus! Wie oft stolperten
Heut nacht die alten Füße über Gräber!
Wer da?

BALTHASAR

Ein Freund, Euch gut bekannt.

LORENZO

Gott segne dich. Sagt mir, mein guter Freund,
Welch eine Fackel leiht vergeblich dort
Den Würmern Licht und augenlosen Schädeln?
Sie brennt, soviel ich seh, in Capulets Gruft.

BALTHASAR

So ist's, ehrwürd'ger Mönch; mein Herr ist auch dort:
Ihr seid sein Freund.

LORENZO

Wer ist es?

BALTHASAR

Romeo.

LORENZO

Wie lange war er dort?

BALTHASAR

Gut eine halbe Stunde.

LORENZO

Geht mit mir hin zur Gruft.

BALTHASAR

Ich darf nicht, Vater;
Mein Herr ist überzeugt, ich ging hier fort:

Er hat mich furchtbar mit dem Tod bedroht,
Wenn ich hier blieb' und sähe, was er tut.

LORENZO

Dann bleibt; ich geh allein: mich packt ein Schauder.
Ich fürchte sehr, daß Schreckliches geschah.

BALTHASAR

Als unter diesem Eibenbaum ich schlief,
Träumt ich, mein Junker und ein andrer föchten
Und er erschlüge jenen.

Er geht ab

LORENZO

Romeo?!

Er geht weiter

Ach, was für Blut ist's, das den steinigen
Eingang zu diesem Grab befleckt? Was haben
Die herrenlosen, blutbefleckten Schwerter
An dieser Friedensstätte zu bedeuten?

Er tritt in das Grabmal ein

Romeo! Ach, so bleich? Wer noch? Wie, Paris auch?
Im Blute schwimmend? Welch unsel'ge Stunde
Ist schuld an dem bejammernswerten Fall?

Julia erwacht

Die Gattin regt sich.

JULIA

Trostreicher Pater! Wo ist mein Gemahl?
Ich weiß sehr gut noch, wo ich sollte sein,
Und bin auch da: wo ist mein Romeo?

Geräusch hinter der Szene

LORENZO

Ich höre Lärm. Komm fort aus diesem Nest
Von Tod, Verpestung und erzwungnem Schlaf.
Ein Wille, größer, als daß Widerspruch
Wir wagen könnten, kreuzte unsern Plan.
Komm! Dein Gemahl liegt tot an deiner Brust,
Und Paris auch; komm mit, ich bring dich
In einem Kloster frommer Nonnen unter.

Geräusch hinter der Szene

Säum nicht mit Fragen, denn die Wache kommt;
Fort, gute Julia! Ich wage nicht zu bleiben.

Er geht ab

JULIA

Geh, geh: ich will nicht fort. Was ist das hier?
Ein Becher, von des Liebsten Hand umklammert?
Gift, seh ich, war sein Ende vor der Zeit.
Liebloser! Alles trankst du – keinen Tropfen
Aus Lieb' zurückgelassen, daß ich nachkäm?
Ich will dich küssen, ob vielleicht noch Gift
An deinen Lippen hängt, damit ich sterbe
Durch einen Labetrunk. *Sie küßt ihn.* Dein Mund ist warm.

ERSTER WÄCHTER

noch hinter der Szene

Voran, Bursch! Wo der Weg?

JULIA

Wie, Lärm? Dann mach ich's kurz. Willkommner Dolch!

Sie zieht Romeos Dolch

Sei dies nun deine Scheide;

sie ersticht sich

ruh hier, laß mich sterben.

Sie fällt über Romeos Leiche und stirbt

Die Wache tritt mit Paris' Pagen auf

PAGE

Dies ist der Ort; da, wo die Fackel brennt.

ERSTER WÄCHTER

Der Boden ist voll Blut; durchsucht den Kirchhof.
Geht, einige von euch; greift, wen ihr findet.

Einige Wächter gehen ab

Erbarmungswürd'ges Bild! Der Graf erschlagen,
Und Julia blutend, warm, kaum erst gestorben,
Und lag doch schon zwei Tage hier im Sarg.
Dem Fürsten meldet's: holt die Capulets,
Weckt auf die Montagues; ihr andern, sucht!

Weitere Wächter gehen ab

Wir sehn den Grund, auf dem der Jammer liegt,
Den wahren Grund all dieses Jammers können
Wir nur erfahren aus den Einzelheiten.

Zwei von der Wache kommen mit Balthasar zurück

ZWEITER WÄCHTER

Wir fanden auf dem Kirchhof Romeos Diener.

ERSTER WÄCHTER

Verwahrt ihn sicher, bis der Fürst erscheint.

Ein anderer Wächter tritt mit Pater Lorenzo auf

DRITTER WÄCHTER

Hier ist ein Mönch, der zittert, seufzt und weint:
Wir nahmen Hacke ihm und Spaten ab,
Als er von dieser Kirchhofsseite kam.

ERSTER WÄCHTER

Gar sehr verdächtig: auch den Mönch laßt hier.

Der Fürst tritt mit Gefolge auf

FÜRST

Welch Mißgeschick ist schon so zeitig wach,
Daß es aus unsrer Morgenruh uns weckt?

Capulet und Frau und andere treten auf

CAPULET

Was hat das Schreien ringsum zu bedeuten?

FRAU VON CAPULET

Das Volk ruft in den Straßen „Romeo",
Die einen „Julia" und andre „Paris",
Und schreiend rennen sie zu unserm Grabmal.

FÜRST

Was für ein Schrecken gellt uns in die Ohren?

ERSTER WÄCHTER

Mein Fürst, erschlagen liegt Graf Paris hier;
Romeo tot, und Julia, tot zuvor schon,
Jedoch noch warm und eben erst getötet.

FÜRST

Sucht, späht, erforscht den Grund des schnöden Mordes.

ERSTER WÄCHTER

Ein Mönch ist hier und Romeos Bedienter,
Mit Handwerkszeug versehn, das sich zum Öffnen
Der Gräber eignet.

CAPULET

O Gott! Frau! Sieh, wie unsre Tochter blutet!
Der Dolch ging irre – sieh doch, seine Scheide
Liegt leer am Rücken Montagues –, der Stahl
Steckt falsch gezielt im Busen unsrer Tochter!

FRAU VON CAPULET

Weh! Dieses Todesbild gemahnt mein Alter
Wie eine Trauerglocke an das Grab.

Montague und andere treten auf

FÜRST

Komm, Montague, du standest zeitig auf:
Vorzeitig tot liegt hier dein Sohn und Erbe.

MONTAGUE

Ach, ach, mein Fürst! Mein Weib starb heute nacht;
Aus Gram um die Verbannung unsres Sohnes
Erlosch ihr Leben – welcher neue Schmerz
Trifft noch mein Alter?

FÜRST

Dorthin blick, und sieh.

MONTAGUE

Du Schlechterzogner! Was für eine Sitte,
Vor deinem Vater dich ins Grab zu drängen?

FÜRST

Verschließ für kurze Zeit den Mund der Klage,
Bis wir die Dunkelheiten klären konnten
Und ihren Quell und wahren Ursprung kennen;
Dann will ich Eures Leides Feldherr sein
Sogar bis an den Tod! Jetzt aber schweigt
Und laßt das Unglück der Geduld sich beugen.
Führt die verdächtigen Personen vor!

LORENZO

Ich bin der Wichtigste; bin ich zu tun
Am wenigsten im Stande zwar, bin ich
Doch der Verdächtigste, da Zeit und Ort
Des grausen Mordes gegen mich hier zeugen:
Hier steh ich, klag mich an und wasch mich rein,
Sprech selbst mein Urteil und entschuld'ge mich.

FÜRST

Dann sag sogleich uns, was du hiervon weißt.

LORENZO

Kurz will ich sein: mein knapper Lebensrest
Ist nicht so lang wie mühevoll Erzählen.
Romeo, der Tote dort, war Julias Gatte,
Und sie, die Tote dort, sein treues Weib.
Ich traute sie; der Tag geheimer Hochzeit
War Tybalts letzter Tag: sein Tod zur Unzeit
Verbannte aus der Stadt den jungen Gatten.
Um ihn, und nicht um Tybalt, weinte Julia.
Ihr, um des Kummers Ansturm zu verscheuchen,
Verlobtet sie und hättet mit Gewalt
Sie mit dem Grafen Paris auch vermählt.
Da kommt sie zu mir, und mit wilden Blicken
Fleht sie mich an, mir Mittel auszudenken,
Um dieser zweiten Heirat vorzubeugen,
Sonst wollt sie sich in meiner Zelle töten.
Da gab ich ihr, vermöge meiner Kenntnis,
Ein Schlafgetränk; dies wirkte so, wie ich
Es wollte, denn es rief den Schein des Todes
An ihr hervor. Indes schrieb ich an Romeo,
Er solle kommen diese schlimme Nacht,
Ihr fortzuhelfen vom erborgten Grab
Zu der Zeit, wo des Trunkes Wirkung schwinde.
Jedoch der Überbringer, Mönch Johannes,
Gehemmt durch Zufall, gab mir gestern nacht
Den Brief zurück. So kam ich ganz allein
In vorbestimmter Stunde des Erwachens
Zum Ahnengrabmal, um sie zu befrein
Und sie in meiner Zelle zu verbergen,
Bis ich bequem zu Romeo schicken könnte:

Doch als ich wenige Minuten vor
Dem Zeitpunkt des Erwachens hier erschien,
Da lagen schon, zur Unzeit tot, der edle
Graf Paris und der treue Romeo.
Da wacht sie auf; ich bitte sie, zu folgen
Und Gottes Werk zu tragen in Geduld:
Doch scheuchte mich ein Lärm vom Grabe fort,
Und sie, allzu verzweifelt, wollt nicht folgen;
Sie hat, wie's scheint, selbst Hand an sich gelegt.
So viel weiß ich; und um die Heirat weiß
Auch Julias Amme. Wenn durch meinen Fehl
Etwas mißglückt ist, sei mein altes Leben –
Noch wenig Stunden vor dem Ziel – der Strenge
Des härtesten Gesetzes dargebracht.

FÜRST

Wir kannten stets dich nur als frommen Mann.
Wo ist der Diener Romeos? Was sagt er?

BALTHASAR

Ich meldet meinem Herrn, Julia sei tot,
Und eilends kam er her von Mantua
Zu diesem Ort, zu diesem Monument.
Den Brief hier sollt ich seinem Vater geben;
Als er zur Gruft ging, droht' er Tod mir an,
Wenn ich nicht fortging' und allein ihn ließe.

FÜRST

Gib mir den Brief; ich will ihn überlesen.
Des Grafen Page, der die Wache rief:
Heda, was tat Eu'r Herr an diesem Ort?

PAGE

Das Grab der Braut wollt er mit Blumen schmücken;
Er hieß mich abseits gehn, und ich gehorchte.
Dann kam jemand mit Licht, das Grab zu öffnen,
Und mein Gebieter griff sogleich ihn an;
Nun eilt ich fort und rief die Wache her.

FÜRST

Der Brief erweist als wahr des Mönchs Bericht,
Ihr Liebeslos, den Hergang ihres Todes;

Und hier schreibt er, daß er ein Gift gekauft
Von einem armen Apotheker und
Daß er damit zur Gruft kam, um zu sterben
Und hier bei Julia zu ruhn. Wo sind
Nun diese Feinde? Capulet! Montague!
Seht, welche Geißel eure Zwietracht traf:
Der Himmel findet Mittel, eure Freuden
Zu töten durch die Liebe! Auch ich selbst,
Der über euern Haß hinweggesehn,
Verlor zwei Neffen: alle sind bestraft.

CAPULET

Mein Bruder Montague, gib mir die Hand:
Dies ist der Tochter Witwengut, denn mehr
Kann ich nicht fordern.

MONTAGUE

Ich kann mehr dir geben:
Aus reinem Gold erricht ich ihr ein Standbild.
Solang' Verona seinen Namen trägt,
Komm kein Bildwerk an Wert dem Bilde nah
Der treuen, liebevollen Julia.

CAPULET

Gleich kostbar liege Romeo ihr zur Seit':
O arme Opfer unsrer Zwistigkeit!

FÜRST

Nur düstern Frieden bringt uns dieser Tag,
Die Sonne zeigt vor Schmerz nicht ihr Gesicht;
Kommt, daß ich ganz dies Weh erfahren mag
Und Gnade übe oder Strafgericht:
Denn größres Leid in keinem Lied geschah
Als dem von Romeo und Julia.

Sie gehen ab

AtV

Band 5550

William Shakespeare
Hamlet

Prinz von Dänemark

Übersetzt von Theodor Fontane

147 Seiten
10,00 DM
ISBN 3-7466-5550-1

Shakespeares »Hamlet« trat zu Ende des 18. Jahrhunderts seinen Siegeszug über die deutschen Bühnen an. Seitdem hat die Tragödie vom Prinzen von Dänemark immer wieder Schriftsteller, Übersetzer, Theater- und Filmleute zu neuen Interpretationen herausgefordert. Auch der junge Theodor Fontane gehörte zu ihnen. Vermutlich kurz vor seiner Englandreise 1844 oder Anfang der fünfziger Jahre des 19. Jahrhunderts entstand seine »Hamlet«-Übersetzung, eine Jugendarbeit, die sich durch »Klarheit, Gedrungenheit und Schlagkraft« des Stils auszeichnet, an die Übertragung von August Wilhelm Schlegel durchaus heranreicht und sie in manchen Partien sogar übertrifft.

AtV

Band 1166

Stephanie Barron
Jane Austen und der dunkle Engel

Historischer Kriminalroman

Aus dem Amerikanischen von Michael Kubiak

Deutsche Erstausgabe

400 Seiten
15,00 DM
ISBN 3-7466-1166-0

Vorhang auf für ein literarisches Kriminalspiel – mit Jane Austen, der berühmten englischen Schriftstellerin, als Detektivin. Nichts fürchtet Jane Austen mehr als Langeweile – in Büchern wie im Leben. Doch wider Erwarten gestaltet sich ihr Besuch im idyllisch verschneiten Hertfordshire überaus turbulent. Kaum hat Jane den Landsitz erreicht, da scheidet der Graf auf mysteriöse Weise dahin. Die junge Witwe kommt schier um vor Trauer – dabei hat ihr Unglück erst begonnen. Denn ein düsterer Brief taucht auf: Von Ehebruch ist die Rede – und von Gattenmord.

AtV

Band 5103

Jane Austen
Emma

Aus dem Englischen von Horst Höckendorf

Mit einem Nachwort von Klaus Udo Szudra

557 Seiten
17,90 DM
ISBN 3-7466-5103-4

Emma ist eine kluge und selbstbewußte junge Frau, aber sie ist auch ein wenig verwöhnt. Nachdem ihre frühere Gouvernante und Gefährtin Anne sie verlassen hat, versucht sie in Highbury Schicksal zu spielen und ihre männlichen und weiblichen Bekannten miteinander zu verheiraten, wie es ihr die Phantasie gerade eingibt. Das muß natürlich schiefgehen. Als sie entdeckt, daß Harriet, die sie zuerst für den jungen Pfarrer und später für den attraktiven Frank Churchill vorgesehen hatte, eigentlich ein Auge auf den von ihr selbst heimlich verehrten Mr. Knightley geworfen hat, wird es Zeit, daß sie endlich zur Vernunft kommt.

AtV

Band 5102

Jane Austen
Vernunft und Gefühl

Aus dem Englischen von Erika Gröger

Verfilmt unter dem Titel »Sinn und Sinnlichkeit«

432 Seiten
14,00 DM
ISBN 3-7466-5102-6

Die feine englische Gesellschaft zu Beginn des 19. Jahrhunderts: Nach dem Tode ihres Vaters stehen die Schwestern Elinor und Marianne Dashwood beinahe mittellos da. Kein Wunder also, daß sie sich nach einer guten Partie umsehen. Doch wie verschieden sind die beiden Schwestern. Während Elinor allen ihren Verehrern kühl und abwartend gegenübertritt, schwärmt die hübsche Marianne ganz und gar von der romantischen Liebe. Und Marianne scheint auch das große Los gezogen zu haben. Der junge, stattliche Willoughby macht ihr Geschenke und bietet ihr lange Kutschenfahrten und romantische Spaziergänge. Um so schlimmer für die zarte Marianne, als er sie bitter enttäuscht.

AtV

Band 1084 **Amy Myers**

Mord im Pavillon

Old English Crime

Aus dem Englischen von Elga Abramowitz

316 Seiten
14,90 DM
ISBN 3-7466-1084-2

Es ist schon seltsam für Auguste Didier, nicht in seiner Eigenschaft als Koch, sondern als frischgebackener Ehemann der russischen Prinzessin Tatjana Manjowskaja auf Tabor Hall in Yorkshire zu einer Verlobungsfeier geladen zu sein, an der auch der vor kurzem gekrönte König Edward VII. teilnehmen wird. Lady Priscilla Tabor hat allerdings eine befremdliche Sitte in ihrem Haus eingeführt: Um ihre kostbaren Tapisserien nicht zu beschädigen, müssen sich die Gentlemen zum Rauchen in einen Pavillon im Park zurückziehen. Es geht das Gerücht unter den Damen, daß die Herren dort auch recht pikante Gemälde bewundern könnten. Spätnachts stolpern Tatjana und ihr Vetter auf den Stufen des geheimnisvollen Bauwerks beinahe über eine Leiche. Wer ist der Tote? Ein neuer Fall für Meisterkoch und Detektiv Auguste Didier.

AtV

Band 1083

Amy Myers
Mord unterm Tannenzweig

Kriminalroman

Aus dem Englischen von Elga Abramowitz

Deutsche Erstausgabe

304 Seiten
14,90 DM
ISBN 3-7466-1083-4

Endlich hat Chefkoch Auguste Didier Gelegenheit, sich einen Traum zu erfüllen: über Weihnachten und Silvester 1900 darf er als Hoteldirektor fungieren. Aber viel Glück hat er in seinem neuen Job offenbar nicht. Seine noble, internationale Gästeschar, die hier die Feiertage verbringt, ist nicht so leicht zufriedenzustellen, und der italienische Koch des vornehmen Hauses erweist sich als Katastrophe. Als Didier dann am ersten Weihnachtsfeiertag im Gesellschaftszimmer in einer Truhe auch noch die Leiche eines der Dienstmädchen entdeckt, ist das Chaos fast vollkommen.

AtV

Band 1150

Nathaniel Hawthorne
Der scharlachrote Buchstabe

Roman

Aus dem Amerikanischen
von Barbara Cramer-Nauhaus

323 Seiten
14,00 DM
ISBN 3-7466-1150-4

Neuengland in der Mitte des 17. Jahrhunderts: Die junge, wunderschöne Hester Prynne wird an den Pranger gestellt. Auf ihrer Brust leuchtet ein scharlachroter Buchstabe, der sie als Ehebrecherin brandmarkt. Aber die aufgebrachte Menschenmenge vermag es nicht, ihr den Namen des mitschuldigen Mannes zu entreißen.
Doch plötzlich taucht Roger Chillingworth auf, Hesters verschollen geglaubter Ehemann. Mit List und Tücke findet er heraus, wer der Vater von Hesters Töchterchen ist, und setzt alles daran, Hesters Liebe und das Leben jenes unglückseligen Dritten auszulöschen.
Einer der größten Schuld- und Sühneromane der Weltliteratur.

AtV

Band 1260 **Henry James**

Bildnis einer Dame

Roman

Aus dem Amerikanischen von Lore Krüger

640 Seiten
DM 19,90
ISBN 3-7466-1260-8

Nachdem die junge Amerikanerin Isabel Archer die Hand eines sympathischen Lords ausgeschlagen hat, wartet jedermann gespannt, wem das aparte, intelligente Mädchen den Vorzug vor dem britischen Aristokraten geben wird. Zur allgemeinen Verblüffung entscheidet sie sich für Gilbert Osmond. Wird dieser Bund aus Liebe geschlossen? Der römische Palazzo, den die Osmonds nach ihrer Heirat beziehen, wird zum Treffpunkt einer mondänen Gesellschaft und zum Schauplatz glanzvoller Feste, aber was hinter der imponierenden Fassade vor sich geht, bleibt selbst für Isabels engste Freunde in Dunkelheit gehüllt.
In seinem berühmten Roman läßt Henry James das Bildnis einer Frau vor uns erstehen, die aus tragischer Verstrickung den Weg zu sich selber finden muß.